小云雀跳跳

我来帮你，
北极熊女孩

ȚUP

ÎN LUMEA NOUĂ

[罗] 亚历克斯·多诺维奇 (Alex Donovici)　著

[罗] 斯泰拉·达马斯金－波帕 (Stela Damaschin-Popa)　绘

君米　译

CTS　湖南少年儿童出版社　小博集
HUNAN JUVENILE & CHILDREN'S PUBLISHING HOUSE
·长沙·

Hoppy the Lark: Hoppy and the New World
by Alex Donovici & Stela Damaschin-Popa
Copyright © Curtea Veche Publishing, 2021

著作权合同登记号：字 18-2023-265

图书在版编目（CIP）数据

我来帮你，北极熊女孩 /（罗）亚历克斯·多诺维奇
（Alex Donovici）著；（罗）斯泰拉·达马斯金－波帕
（Stela Damaschin-Popa）绘；君米译．－－ 长沙：湖南
少年儿童出版社，2024.8
（小云雀跳跳）
ISBN 978-7-5562-7675-2

Ⅰ．①我… Ⅱ．①亚… ②斯… ③君… Ⅲ．①儿童小
说－短篇小说－罗马尼亚－现代 Ⅳ．① I542.84

中国国家版本馆 CIP 数据核字（2024）第 108905 号

XIAO YUNQUE TIAOTIAO WO LAI BANG NI, BEIJIXIONG NÜHAI
小云雀跳跳 我来帮你，北极熊女孩

[罗] 亚历克斯·多诺维奇（Alex Donovici） 著
[罗] 斯泰拉·达马斯金－波帕（Stela Damaschin-Popa） 绘
君米 译

责任编辑：张 新 李 炜　　　　　策划出品：李 炜 张苗苗
策划编辑：王 伟　　　　　　　　　特约编辑：杜天梦
营销编辑：付 佳 杨 朔 苗秀花　　版式排版：马俊赢
封面设计：马俊赢　　　　　　　　　版权支持：王立萌
出 版 人：刘星保
出　　版：湖南少年儿童出版社
地　　址：湖南省长沙市晚报大道 89 号　　邮　编：410016
电　　话：0731-82196320
常年法律顾问：湖南崇民律师事务所 柳成柱律师
经　　销：新华书店
开　　本：875mm×1230mm　1/32　　印　刷：天津联城印刷有限公司
字　　数：67 千字　　　　　　　　　印　张：5
版　　次：2024 年 8 月第 1 版　　　　印　次：2024 年 8 月第 1 次印刷
书　　号：ISBN 978-7-5562-7675-2　　定　价：29.80 元

若有质量问题，请致电质量监督电话：010-59096394　团购电话：010-59320018

跳跳

一只生来就没有翅膀的小云雀，曾经被妈妈忍痛抛弃，万幸被鸣呼发现。跳跳坚强、勇敢、善良，深爱着自己的朋友们，愿意为他们做任何事情。

鸣呼

一只吃素的猫头鹰，也是森林里最有智慧的动物。他也被称为"森林幽灵鸣呼"，因为他有一双橙色的大眼睛，经常在夜晚去森林里巡视，其实他只是想看看有没有动物需要帮助。

闪电球

一只奔跑起来速度像闪电一样快的蜗牛。他是十分独特的蜗牛，壳里装了很多书。他非常热心，在朋友们遇到危险的时候，会第一时间冲过去帮忙。

1

命啊

一只体形很大的渡鸦。他曾经是一个胆小鬼，总是会被莫名其妙的事物吓到。后来，在呜呼和跳跳的帮助下，他克服了恐惧，成了森林里最勇敢的动物。

英俊

一只极度爱美的火鸡，不管什么时候，都在欣赏自己的美貌。虽然他自恋又自大，但朋友们遇到危险时，他却能勇敢地站出来。

蝗虫总

一只有时候会Z、C不分的蝗虫。他曾经在森林里开了一家商店，给森林里的动物带来了不小的伤害，后来跳跳感化了他，他决定留在森林里，全心全意地为森林做些好事。

希望

一只从格陵兰岛来的小北极熊。她的爸爸妈妈为了寻找新的栖息地，暂时将她送到了森林里。希望是一只腼腆的小北极熊，她一直担心着爸爸妈妈，想回到家人的身边。

目　录

I

第一章

去格陵兰岛要穿秋裤

　　跳跳和森林里的朋友们准备睡觉了。白天的喧嚣逐渐退去，太阳缓缓落下地平线，只留下一些深红色的火花在空中舞蹈，就像床头柜上的台灯投射在身上的那一缕缕柔和又温暖的光。微风轻柔地从枝叶间穿过，像是在为森林里所有的幼兽和雏鸟哼唱一首好听的摇篮曲，又像是在对他们的父母轻轻道一声晚安。森林里那些披着皮毛、羽毛和鳞片的动物，正温柔地哄着自己的孩子回到各自的地穴、鸟巢和树洞里去，他们已经用树叶、稻草、枝条和绒毛铺好了舒适的床。等把幼崽们都塞进被子里，他们会在孩子们的双耳、触须或两只角之间印上一个轻吻，祝他们睡个美梦连连的好觉。

夜色就像一床柔软的毯子，覆盖了整座森林。筋疲力尽的小动物们缓慢又坚定地闭上眼睛，一个接一个地进入梦乡。如果没有那声打破宁静夜晚的尖锐叫声，孩子们应该已经在父母身边睡着了。

"秋裤？！那是什么？"

大多数孩子都被惊醒了，惊恐地四处张望。他们的父母听出了这个声音，于是温柔地安抚着他们："不用紧张，是火鸡英俊。"

孩子们都知道火鸡英俊是谁，他们笑着松了口

气，很快又进入了梦乡。

一切都很好，可刚刚是怎么回事？

智慧的猫头鹰呜呼邀请了小云雀跳跳、蜗牛闪电球、渡鸦命啊和火鸡英俊来到他家，也就是那个大橡树的树洞。只有跳跳知道他这么做的原因。他们围坐在一张小圆桌边，急切地等着呜呼告诉他们召开这个会议的原因。呜呼清了清嗓子，说："亲爱的朋友们，我们得去一趟格陵兰岛。"

"格陵兰岛？你是说北极熊住的那个岛吗？就是那些看到我之后，可能会把我当成一道极其英俊又美味的甜点的北极熊？"火鸡英俊飞快地问道，他的眼

睛瞟来瞟去。"因为，大家都知道，我是最英俊、最诱人的！我是一只稀有的鸟！"他又飞快地补充道。

"是的，英俊，你是。"呜呼肯定道，"我得说，你确实是独一无二的、稀有的、特别的。还有，是的，我们必须去一趟格陵兰岛。"

"可是我们要去那里做什么呢？"闪电球问道。

呜呼这么无所畏惧地宣布了一趟如此重要的旅程，这让闪电球十分惊讶。他的心跳得比平时更快了，要知道他的心跳平时就很快，因为他总是跑来跑去的。

"我们得帮助一个朋友。更准确地说，我们必须帮帮我们的小朋友。好吧，也许用'小'来形容她不是很准确……是希望，我说的是希望，那只去年秋天被爸爸妈妈送到森林里的北极熊幼崽。不幸的是，从那以后我就再也没有她爸爸妈妈的任何消息了。"呜呼叹了口气，"现在已经过去几个月了，你们或许还记得，由于全球气候变暖，海平面上升，他们赖以生存的冰层正在融化。我知道的最后一件事情是，他们正在寻找新的住所。但是从那以后，我再也没有收到他们的任何讯息。而希望，希望她……"

呜呼深深地叹了口气，然后沉默了下来。

"希望非常焦虑。"见呜呼不想继续说了，跳跳便接过话，"最近我经常和她在一起，她的状态一天比一天差。她很想念爸爸妈妈。忧伤让她的每一天都变得无比漫长，并且让她难以入睡。贴心的雪球和我想让她开心起来，但没有用。她好像已经不在乎任何事情了。没有任何人、任何话能安慰到她，让她对家人的思念少一点。我把这些都告诉了呜呼，我们觉得必须得做些什么。去一趟格陵兰岛是我们帮助她的最好的办法，所以我们决定带希望去格陵兰岛找她的爸爸妈妈。但这趟旅程会很长，并且充满困难，我们需要你们的帮助。"

没有人说话。他们非常愿意帮助希望，甚至可以做任何事，但他们也能想到这样一趟旅程必定危险重重。要找到她的爸爸妈妈不是一件容易的事。首先，他们必须解决两个重要问题。

问题一：他们该怎么去那里？从他们的森林到北极熊的居住地是一段非常长的路程。大概要飞两千八百英里[①]！这还是在他们能飞过去的情况下！从陆地或海上过去距离更长，花费的时间更长，更别提其中的困难还要多得多，他们可能永远也到不了格陵兰岛。然而他们没有选择……希望不能飞，伟大的委顿——那只好心的老鹰——也不可能再像当初把迷路的希望从悬崖边救起时那样，用爪子把她拎起来了。希望在这一年里长大了。她长大了……很多！她一天长得比跳跳一年长得都多！好吧，说实话，跳跳已经不再长大了。闪电球也不能飞，就算在陆地上他能眨眼间到达格陵兰岛，但他不能游泳。那座岛是被水包围着的。即使是跳跳也飞不了这么远的距离。伟大的委顿为她设计的翅膀虽然没有很重，但是跳跳不可能一直踩着踏板飞几千英里，用不了多久她就会筋疲力尽地坠入深不可测的大西洋里。

---

①英里：英美制长度单位，1英里≈1.61千米。

问题二：他们要怎样在北极的严寒中生存？即使在夏天，格陵兰岛也十分寒冷，温度在零摄氏度以下。更糟糕的是，就算他们立刻出发，等到达那座遥远的岛屿时，也是隆冬时节了！那意味着……气温会在零下很多度！在那种天气下，只有北极的动物才能存活，其他动物会立刻冻僵。只是听其他人说起这趟迫在眉睫的前往世界尽头的旅程，火鸡英俊就开始发抖了，他的喙像一对响板一样咔嗒作响：咔嗒，咔嗒，咔嗒。但当呜呼提出一个建议后，他立刻停止了咔嗒。呜呼提议除其他衣物外，他们最好再多穿一条……秋裤。

他们去格陵兰岛最大的问题，在英俊眼里立刻变得不重要了。英俊更在意他的北极套装，因为他想成为冰雪世界中最英俊、最体面、最优雅、最让人印象深刻的火鸡。亲爱的读者朋友们，我希望你们还没有忘记英俊关于自己具有王室血统的声明。他仍然认为自己是伟大的苏格兰火鸡王子的后裔。自从他的尾羽烧焦，只能穿一条裙子，避免露出他的——原谅我——光屁股之后，他就从未停止提醒他的朋友们这件事。尽管他的羽毛早就长回了原来的长度，他也不愿意放弃穿裙子。这只英俊又时尚的火鸡不仅称自己为王子，还说自己是一名设计师，创办了一个高级时装品牌：英俊威登。

在呜呼建议他们都戴上暖和的毛线帽和手套，穿上暖和的毛衣时，他一个字也没说，但说起秋裤这个话题时，他突然变得非常感兴趣，甚至有些担忧。他瞥一眼这个朋友，又瞟一眼那个朋友，然后问道："秋裤？那是什么？"

"它就像……就像一条温暖的长内裤，可以从你的臀部一直裹到脚踝！"跳跳抢着回答道，"在长裤里穿一条秋裤，可以给你的身体保暖。它能抵御寒冷，保护你的腿。我个人觉得你也可以在裙子底下穿一条秋裤，如果你坚持要在格陵兰岛穿裙子的话……因为如果不穿秋裤，你的……你知道我说的是什么……瞬间就会冻僵的！"

"我知道了，我知道了……那秋裤……时尚吗？

优雅吗？酷吗？华丽吗？哪个时尚系列里有吗？有像我这样的世界知名超模在巴黎展示过吗？”

“呃，我不觉得……不太……”跳跳困惑地补充道，“秋裤不是用来表现流行和时尚的，它是实用的！是用来为你保暖的！”

“好吧，小鸟，我觉得你不如把我的羽毛都拔掉，再涂上油、裹上面粉，那样对所有人都好！”

跳跳很不理解，她不知道英俊为什么突然这么激动，说话还带刺。英俊像疯了一样不停地喘着粗气，他的肉垂变成了深红色。很明显，他非常生气！

“英俊先生，为什么……为什么我要拔掉你的羽毛，还要把你涂上油、裹上面粉？”

“如果我穿上秋裤，那一定看起来可怕极了！我可是帅气的英俊，怎么能看起来很可怕！我怎么能让这种事发生！一位苏格兰王子设计师

穿上了毫无品位的秋裤！那一定是世界末日了！我宁死也不穿秋裤！"

"呃，如果不穿，你真的会死的，我可是告诉你了，哈——哈！"闪电球先生看热闹地说道，"你那瘦不拉几的小细腿会立刻冻掉，然后你会一屁股摔在冰上。你会冻成北极有史以来第一座火鸡冰雕，哈——哈！没有腿的火鸡冰雕。如果因纽特人看到你，他们永远也不会猜到你是哪种鸟！他们会以为你是一只长着大肉垂的鸭子！"

英俊气势汹汹地转向闪电球。

"听着，你这只自大的软体动物……"

"你再说一次！你这是在和我说话吗？！"

"是的，就是在和你说话！你知道自己就是一只软体动物对吧？你壳里不是装着很多书吗？"

"没错，是装着很多书，但我已经把它们全都捐给学校了……"闪电球先生回答道，他已经混乱了。

"真是令人钦佩，祝贺你。如果你能保留对我这个精致的火鸡王子的腿的看法，也会同样令人钦佩，我会十分感谢你！你也配谈论腿？你就是个移动的果冻球！"

"你刚刚是在叫我果冻球吗？你是认真的吗？"闪电球惊叫道。

"是啊，我叫了，你这个黏糊糊的家伙！你知道果冻在零下三十摄氏度会冻成固体吧？一到那里，你就会变成一个冰冻的斑点果冻！你甚至不能穿秋裤，因为你没有腿！你最好穿一只袜子！儿童袜！婴儿袜！"

英俊和闪电球像两个听到铃声就会冲向对方的拳击手一样瞪着彼此。跳跳希望呜呼能够干预一下，让这两位正在激烈争吵的朋友冷静下来，就像之前一样。不停争吵是他们的天性，但在内心深处，他们还是彼此喜欢、相互尊重的。可呜呼一直沉默着。事实上，这段时间呜呼都很不像他自己……跳跳只能自己站出来，把他们两个分

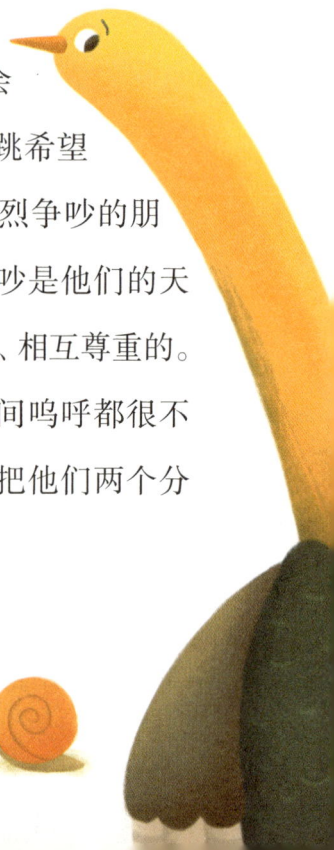

开："英俊先生，闪电球先生，请冷静。还记得我们今天为什么聚在这里吗，闪电球先生？"

闪电球羞愧地垂下眼睛。

"是为了希望。"

跳跳又转向英俊。

"英俊先生？"

英俊难堪地泄了气，小声回答道："为了希望……"

跳跳继续说道："那希望现在最大的依靠是谁？"

英俊、闪电球甚至呜呼都齐声答道："是我们！"

"我们会因为困难重重就抛弃我们的朋友吗？"

"不会！"

"那希望是我们的朋友吗？"

"是！！！"

"我们会为了她去世界的尽头吗？"

"会！！！"

"即使必要的时候需要穿上秋裤，也会去吗？"

"不管是秋裤还是其他什么，我们

都会穿！"命啊、闪电球，甚至鸣呼都激动地同意了。

英俊沉默了。他非常仔细地盯着自己的一只翅膀，仿佛从一开始他就在看它。

"别这样，英俊先生，即使穿上秋裤，王子还是王子！你要不要拥抱一下闪电球先生，跟他和好呢？"

"你想要我做什——么？！"

"拥抱他。你们是朋友，不是吗？"

"我猜是吧……"英俊默认了。

"闪电球先生，你还是英俊先生的朋友吗？"

几乎没等跳跳问完，闪电球就冲向英俊，对他说：

"来吧，大个子的家伙，让我把你按在我结实的胸膛上！

请原谅我，你知道我脾气急躁，容易生气！来吧，紧紧地拥抱我！"

英俊迷茫地看着闪电球，后者为了进一步证实自己的情感，已经来到了他跟前，而且很明显在等一个拥抱。于是，英俊决定用他的翅膀尖轻触一下闪电球的壳，以示兄弟情谊。这只火鸡同样很在意他的朋友，也想结束他们之间的争吵。

"这样就好多了！"跳跳咧开嘴笑着说，"现在，我们能回到真正迫在眉睫的问题上吗？拜托！比如，你们知道的，我们要怎么去格陵兰岛？"

呜呼叹了口气，沮丧地说道："我不知道这个问题有没有办法解决……"

一个尖细但清晰的声音传来，打断了呜呼的话。

第二章

会飞的气囊

"森（什）么样的问题？随（谁）嗦（说）这四（是）个问题？没森（什）么问题！"

是蝗虫总，世界上最足智多谋的蝗虫。蝗虫总敏捷地跳进呜呼的树洞，带着大大的笑容，露出全部的牙齿，尤其是那颗闪耀的金牙，还反射着阳光，总的来说就是十分炫酷。蝗虫总过去开酥片和电脑游戏商店时对森林里的居民做了很多不好的事情，但如今他已经变得很善良了。他将商店改造成了一所超级棒的学校，森林里所有的孩子都在那里上学。我得提醒你们一下，他还是会把sh说成s,有时还会z、c不分。

"你这次又给自己惹了森（什）么麻烦？"闪

电球从英俊那里转过身，开玩笑地学着蝗虫总的声音说。

"好了，好了，如果你们真的想知道我在干森（什）么，就请大家明天早上到学校旁边的空地来！"蝗虫总愉快地向他们发出邀请，"特别四（是）那些想去格陵兰岛的朋友，一定要来！"

一句多的解释也没留下，蝗虫总就优雅地跳出了树洞。

除非有一道真正的闪电——天气上的那种，不是那只蜗牛——劈向圆桌中央，把上面那支装饰用的蜡烛点燃，否则这五个小伙伴不可能更震惊了。那只总是创造奇迹的蝗虫想出了什么？这个问题浮现在他们的脑海里。他们都觉得这将是一个巨大的惊喜，因为他们知道蝗虫总是一只富有创造力的蝗虫。

于是他们各自回家了，只不过都入睡得不是那么顺利，因为好奇心一直在折磨他们。第二天一早，太阳都还没有完全升起，他们就来到了空地边。映入眼帘的景象让他们大吃一惊……

"我的天……我的壳！空中那个大气囊是什么？"闪电球先生大叫道。

林间空地上，一个巨大的黄油色的圆形物体正浮在离地三十英尺①的半空中。那其实是一个气球！随后他们发现气球下的柳条篮，不，应该被称为吊舱，被一根很粗的绳子连接在气球上。吊舱下还挂着一根绳子，绳子的一头被紧紧地绕在一个树桩上，树桩像锚一样拴住了气球。不然的话，这个气球就会升到空中，从森林里飘走。英俊惊讶地张着喙，命啊一脸迷惘，呜呼迷惑不解，而跳跳觉得自己更渺小了。那就像月亮本身低低地挂在了他们的森林上空。蝗虫总**得意扬扬**地笑了，他很满意自己的装置带来的效果。命啊看见了，问他："嘿，小伙计，快告诉我们这个飘浮的气囊是做什么用的！如果它爆炸了，我们都会被炸死的！"

"什么气囊？那不四（是）气囊！那四一个热气球！"蝗虫总回答说。

———————————
①英美制长度单位，1英尺=0.3048米。

"就像我感冒时用喙吹出来的那种气球吗？"英俊一边问，眼睛还一边牢牢地盯着那个随着微风轻轻摇摆的奇妙物体。

"英俊先生！"跳跳大声喊道，"一位设计师王子怎么能说这种事情！"

"你知道吗？不管是不是王子，我都会用我的喙吹泡泡。这有什么大不了的！"英俊火速反击道。

"是的，这就四（是）一个气球！"蝗虫总打断了这段并不优雅的争论，"但它四（是）用布料做的。更准确地嗦（说），四（是）把几条巨幅的特殊布料缝在了一起！"

"特殊在哪里？"闪电球问。

"这些布料四（是）由超级特殊且技艺高超的南美蜘蛛织成的。"

"怎么证明他们技艺高超？"闪电球追问道。

"这种布料不会着火。气球不能着火！"蝗虫总指出，"蜘蛛们织出这些长条的布，然后把它们缝在一起，组成一个……呃……好吧，一个气囊。

但当这个气囊被充入热空气后，它就不四（是）一个气囊了，而四（是）一个气球！"

"所以你到底是从哪里弄来的这块超级无敌特殊的布料？"跳跳问，"据我所知，我们的森林里没有南美蜘蛛。"

"你嗦（说）得很对，这座森林里没有。我四（是）从很远的地方买到的这块布，从热带森林里。更准确地说，是从亚马孙丛林里。"

"这是进出口贸易！出口是把你们国家的物品卖到没有它们的国家。进口是把这里没有的物品从别的国家带过来。世界各地的人都能把他们最好的东西和你需要的东西寄给你。"

"那你是从什么时候开始涉足进出口贸易的？"英俊问道。

"从我在森林里经营我的酥片和电脑游戏商店开死（始）。再次表四（示）歉意。我曾经把你们拿来同我交换酥片的物资出口，就是那些把你们喂胖的酥片，对不起……我也曾经进口了一些这里的四（市）场没有的东西，比如平板电脑、笔记本电脑、台四（式）电脑。我得诚斯（实）地告诉你们，在我意斯（识）到那些游戏和酥片会让你们生病斯，我就知道我必须赶紧逃跑。就在那斯（时），我进口了布料，准备做一个热气球飞走。可四（是）你们抓住了我、原谅了我，还让我留下来。而现在，看，气球已经准备好了，你们可以用它去找希望的爸爸妈妈！"

"可它要怎么飞呢？我们要怎么操控它？"命啊问，"它没有翅膀。"

"我已经把它充满了热空气。热空气比冷空气轻。只要你们把热空气充到一些有弹性的东西里，那东西就会膨胀，然后飘起来，升到空中。"

"如果你把热空气充到我的身体里，我也会膨胀然后飘起来吗？"命啊十分好奇地问。

"你不行，命啊，我的朋友。"英俊很快地回答道，"你要是吃了一些美味的豆子，身体也会胀大，但你不会浮起来，对吧？你只会像一个小引擎一样把身体里的气排出去。"

这次是命啊转过身用冒火的眼睛瞪着英俊。

"我那不是排气！我那是造云！"

英俊立刻举起右边的翅膀，表示他是在开玩笑："开玩笑的，只是个玩笑，我爱你！"

闪电球决定忽略英俊傻气的行为，而蝗虫总继续解释道："并不四（是）所有东西填充了热气就能浮起来。只有本森（身）很轻的那些可以。这种布料就很轻，空气很容易穿过它的纤维。当热空气四（释）放出去，气球瘪下来时，整个装置就会开始下降。所以飞行的时候一定要特别、特别小心，否则……"

"否则什么？"跳跳问。

"否则，你们就会撞到山崖上。"蝗虫总指出，"或者掉进海里。看，我在吊舱里放了一块大石头，那四（是）我在瀑布底下找到的。坠落的水流把它凿成了一个石盆，看到了吗？你们可以在这个石盆里生火，这样热空气就会充满布料，让它浮起来。你们一定要小心留意，保持足够的空气，这样它就能一直在空中飘。"

蝗虫总又一次让所有人都说不出话来。不管他做什么，好事还是坏事，都很高效，非常高效。你能看得出来他读了很多书，而且他的思维像刀锋一样锐利。

突然，闪电球原地一个转身，向空地树桩上拴着气球的绳索冲去。他一边冲刺，一边大喊："我将是第一个登上吊舱的人！"

在没有任何人干扰或者想比他更快的情况下，闪电球飞速沿着紧密编织的绳索向上爬去。但他的壳实在太重了，使他失去了平衡。一阵摇晃后，闪电球从离地大约三英尺高的地方掉了下来。

第三章

突如其来的诗意

幸运的是，闪电球掉在了一片柔软的草丛上。不幸的是，他躺在掉落的地方无法起身。所有人都冲到了他身边。只见闪电球双目紧闭，一动不动。命啊上前一步，想用他有力的翅膀把他扶起来。英俊大叫道："你不能动他！他说不定伤到了脊椎！"

"他没有脊椎，英俊先生，他是一只蜗牛。"跳跳轻声说。

命啊再次伸出翅膀，可英俊又叫了起来："不要动他，他说不定伤到了……眼睛！"

命啊又顿住了，完全不知所措。跳跳转向呜呼。

"呜呼，我们该怎么做？要怎样才能帮到他？他伤得很严重吗？"

可是这么多年以来一直是森林里最睿智的呜呼，什么都没说。他没法给他们任何建议，只是无助又忧伤地看着躺在草丛上的闪电球。谁知道还会发生什么，如果闪电球没有……

"他眨眼了！"英俊大喊道，"他的眼睛没坏！我的天哪，我亲爱的朋友，我郑重发誓，我再也不会对你不好了！我以一只火鸡的生命发誓！快睁开你美丽的眼睛吧，森林里的短跑健将！我保证为你织一只世界上绝无仅有的、最美的短袜！我会用这双灵巧的翅膀亲自给你织！你如果穿着这只短袜和我们去格陵兰岛，就绝不会冻僵，你就是最可爱的果冻球！好了，快醒过来吧！"

闪电球睁开了他的眼睛。他直直地盯了好一会儿英俊的眼睛，然后用十分清晰的声音吟诵出下面这些句子：

噢，无与伦比的美丽鸟儿，

噢，精神抖擞地展翅高飞！

噢，那像蜂蜜一样甜的声音，

触动了我的心扉，

让我的生命回归！

　　所有人都被这只出口成诗的蜗牛惊呆了。英俊脸红了，被称为"无与伦比的美丽鸟儿"，还能"精神抖擞地展翅高飞"，并且拥有"像蜂蜜一样甜的声音"，这些形容让他开心不已。但即使是他也意识到有些不对劲。英俊转头看着他的朋友们，为了避免被闪电球听到，他用比呼吸还轻的声音问道："我觉得闪电球摔坏了……他是头先着地的，把脑子摔坏了。我们该怎么办？他疯了，说话都押韵了。最严重的是，他对我突如其来的称赞让我很心慌！"

　　在有人回答他之前，闪电球突然站了起来。他的两只眼睛还在头顶滑稽地乱转，但不妨碍他麻利地抖了抖身上的壳，把尘土抖掉。然后他对他的朋友们说：

噢，有肉垂的王子，

没必要大惊小怪，

你可以永远相信我对你的爱！

但我以尊贵的蜗牛身份向你发誓，

这不是来自老公，

而是来自朋友爱的表示！

看到闪电球意识警惕、反应敏捷，五个好朋友松了一口气。

"你为森（什）么要押韵？"蝗虫总问，"你不觉得这样有些奇怪吗？"

闪电球似乎因为这个问题大吃了一惊，但又很快掩饰过去，并且宣称道：

绿油油的小昆虫，

奇不奇怪，我不知道，

但要把我的想法表达得简明扼要，

就只有完美的韵文可以做到！

命运如此奇妙，我一头栽在地上，
变成了一个诗人，渊博又深奥。

"呜呼，"跳跳这下是真的担心了，"我们要不要请森林医生来瞧瞧闪电球先生？"

"是的，跳跳！"呜呼赞同道，"命啊，请你快点飞到森林医生那里，把他带到这里来。"

"我马上就去！"命啊一边回答，一边冲向森林。

森林医生是啄木鸟先生。森林里的居民看见他用坚硬的喙从病树的树皮里扯出几条虫子后，就开始叫他医生了。之后，那些树越长越好，越来越健康。再之后，啄木鸟先生开始用森林里的药草和植物制作各种各样的药膏来修复伤疤，调制药茶来治疗肚子疼，用小树枝做成夹板固

定受伤的爪子、翅膀、蹄子。

几分钟后，医生就紧跟着命啊来到了空地上。

"有什么紧急情况？谁是病患？谁需要让我啄一啄？"

"病人是我亲爱的朋友闪电球！"英俊回答道，"他一头栽了下来，现在他脑子坏了。不押韵不会说话了！"

闪电球火速反驳道：

坏了？噢，恰恰相反！

我终于恢复了！

和过去形成鲜明的对比，

我进化了，进化了！

我是一只崭新的蜗牛，

聪慧，敏锐，快得像闪电，

同时也是一个地道的诗人，

举世罕见！

"啊，没错……他肯定是疯了。"森林医生叹了口气，认同地说道，"我得检查一下他的重要器官和反射动作。闪电球，看着我。"

闪电球直直地看着他，眼里闪过一道狡猾的光。

"往上看，往下看，往左，往右！"

闪电球完美地遵照了医生的指令。

"你觉得晕吗？"

他的回答，不出所料，还是不正常：

也许是缪斯女神的杰作，

让我满心欢喜，

但我现在确实肩负着诗人的名称。

你是一只幸运的啄木鸟，

亲爱的医生，

因为像我这样的病人你无从寻找！

　　"这真是一个有趣的病例……"森林医生喃喃自语道。

　　啄木鸟先生让闪电球在森林的小径上来回走了几趟，在他的壳上轻轻啄了几下，又用听诊器听了听他的心跳和呼吸，最后宣布："他好得不得了。这家伙像五月的早晨一样健康，尽管很明显，他摔下来造成了一定的思维混乱，但我相信过不了多久他就会好的。我得走了，森林那头还有一棵树等着我去啄一啄。保持健康！"

　　话一说完，医生就飞走了。

　　"我说，如果闪电球真的疯……呃，我是说……真的变成一个诗人了，那他还跟我们去格陵兰岛吗？"命啊问。

　　闪电球很快回答道：

我当然要一起去，勇敢的渡鸦！

还是你觉得诗歌会让我只想着

躲避？

我不这么认为，

是它们给了我飞翔的双翼，

所以让我们一起出发，

去那广阔的冰地！

可是出发之前还有很多准备工作要做！无论何时，鸣呼都是主心骨，但是跳跳知道这只亲爱的猫头鹰状态不是很好，她很担心。

第四章
准备开启伟大的旅程

"亲爱的呜呼，我可以做一点组织工作吗？就像小时候你教我的那样。"

呜呼眨了眨眼，隐去感动的泪水，他知道她是想帮他。

"当然可以，跳跳。我相信你。"

跳跳很快跳到那个拴着气球的树桩上说："请大家注意，谢谢！我提议大家按下面的方案行动：必须有人为我们织一些暖和的衣服。如果没有暖和的衣服，我们就死定了，因为我们会在找到希望的爸爸妈妈前就冻僵了。我提名英俊先生！如果我们要穿秋裤，他也可以织出来。我敢保证它们一定棒极了！你们觉得呢？"

"我们同意，我们同意！"

就连英俊也同意，而且大家对他的信任让他感到非常高兴。如果他穿的是自己设计的秋裤，那肯定是没问题的。

"如果要乘坐气球去格陵兰岛，那我们当中必须要有一个人学会如何操作它，好把我们顺利地带到那里。我们不像人类，有各种手机软件或者数字地图。我们得让太阳和星辰为我们指路，也可以用昔日的水手画在羊皮纸上的老地图。如果你们同意的话，我愿意负责这件事。云雀是候鸟，每年冬天到来之前都要飞去温暖的地方。我没有翅膀，所以从来没有迁徙过。但如果你们相信我，我会尽力学会怎么让这个气球飞到格陵兰岛的。"

　　"我们当然同意！"他们齐声高喊。

　　"接下来，我们需要为这趟长途飞行准备各种

补给。"跳跳继续说，"我们需要食物、水，还需要一些木头，保证火能够持续燃烧，为气球填充热气。我的提议是……呜呼，他可以负责这些物资。"

呜呼想说点什么，但还没来得及开口，就被其他人同意的呼喊声打断了。他们不像跳跳，没看出来他们的朋友有些不对劲。

"我们还得考虑在我们缺席的时间里森林要如何管理！"跳跳往下说道，"我建议蝗虫总留下来主持大局。学校是他建的，他对学校的各项情况了如指掌，他能解决那些可能发生的问题。我们的好朋友雪球可以协助他，如果呜呼跟我们一起去，我提议所有的班级都交给伟大的委顿和命啊管理。"

"可是我也想去！"命啊立刻抗议道。

"我知道你想帮我们，而且有你的陪伴我们也会很开心，但委顿不可能自己管理所有的班级和学生。这里特别需要你，森林也特别需要你！确保所有的学生平安上学是非常重要的！只有你可以帮助委顿。你善良、公正，而且勇敢。有你在这里，我们才可以放心地去寻找希望的爸爸妈妈。"

命啊无奈地叹了口气，但他还是带着善良的微笑同意了。跳跳难以表达对他的感谢，只能回给他一个笑容。

"你们觉得我们能在三天内把一切准备妥当吗？在我们确保一切都准备好，可以出发之前，都不要对希望提起这趟旅程。先别让她抱太大的希望。第四天的早晨，我们在这里集合，出发去格陵兰岛。你们觉得怎么样？"

"我们同意！"所有人高声呼喊道。所有人，除了闪电球，他眨眼间就来到跳跳站立的树桩下，吟诵道：

> 别这么着急，我的朋友们，
> 罗马不是一天建成的！
> 你们每个人都领到了一项任务，
> 那你们的天才诗人该做些什么？
> 或者他该说些什么？

跳跳只思索了一下，就笑着回答闪电球："闪电球先生，你有一个至关重要的任务。在这趟旅程中，你的目标是照顾我们所有人，让我们保持愉悦的心情。当我们忧伤时，你要用优美而诙谐的诗让我们开心起来；在遇到困难时，你要鼓舞我们；晚上，你可以用一首晚安诗哄我们入睡；清晨，你可以用一首早安诗唤我们起床，开启快乐的一天。"

　　闪电球高兴得晕头转向。

　　　　亲爱的，你比银铃铛还要甜，

　　　　正如寒冷冬日里的暖阳，

　　　　就像干旱夏日里的清泉，

　　　　多么可爱的一位小姐！

　　　　让我抱一下，快来我跟前！

　　说着，他便要跳到树桩上去拥抱跳跳。

　　"等等，等等，闪电球先生，别往上跳！你可不能再出意外了！"跳跳对闪电球叫道。

跳跳轻盈地跳下来，落在闪电球先生身边，温柔地用她的面颊贴了贴这只蜗牛的脸颊。

到目前为止，所有的探险家都被安排好了分工，他们各自离开着手准备自己的工作了。当呜呼准备飞走时，跳跳叫住了他，问道："呜呼，我可以去你的树洞吗？有些事我想请教你。"

"当然可以，跳跳。我会等你过来的。"呜呼答道。

他知道即将发生什么。

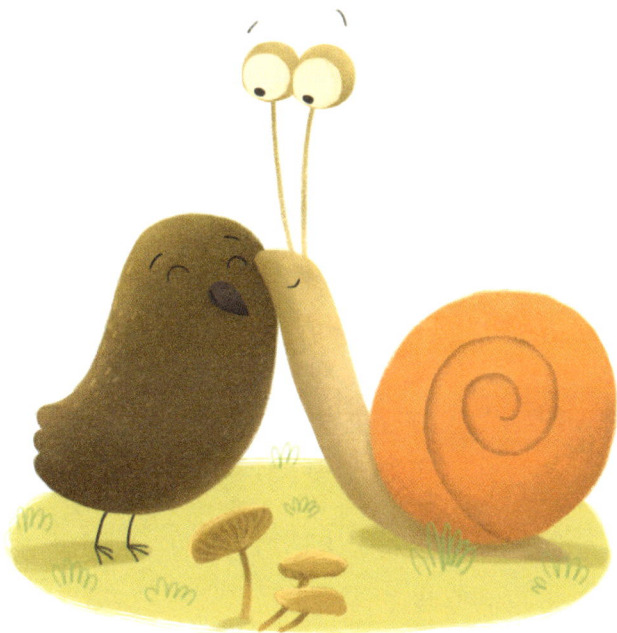

第五章
一颗孤独而凄凉的心

　　跳跳来到呜呼的树洞时，他正坐在那把粉色扶手椅里。他把翅膀叠放在肚子上，两眼放空。跳跳走近他，用她亮晶晶的圆眼睛观察着这只猫头鹰。呜呼将他大大的橙色眼睛转向跳跳，就是这双眼睛，很久以前曾让跳跳害怕得心怦怦跳。但从那以后，她已经知道，这双眼睛里是无穷无尽的善意。呜呼俯身，用柔软的翅膀轻轻地摸了摸跳跳的小脑袋。

　　"发生什么事了，呜呼？你怎么了？"跳跳问道。

　　"我不能跟你们去格陵兰岛。"

　　"为什么，亲爱的呜呼？"

　　"恐怕我已经起不了任何作用了。你不需要我。你已经不再需要我了。"

"你为什么会这么想？我当然需要你！"

"跳跳，亲爱的，你已经长大了，成了一只了不起的小鸟。你已经不需要任何人了。好几次都是你帮了我们，每次都是你拯救了大家。你改变了这座森林，改变了生活在这里的每个人。你让大家变得更好、更善良、更强大、更勇敢、更睿智、更真实、更包容。"

"可是，呜呼，是你改变了我。因为有你，我才能成为今天的我。如果没有你，我早就彻底迷失方向了。事实上，没有你的话，我今天可能都不在这儿了。是你找到了我，照顾我，既扮演妈妈的角色，又扮演爸爸的角色，而且一直以来，是你在教导我！你一直都在支持我，在我难过的时候把我往前推，在我想哭的时候给了我微笑的理由。你教会我的心展翅高飞，即使生来没有翅膀，也要开心地生活。"

呜呼又温柔地摸了摸她。

"确实是这样，跳跳。没有什么能比找到你和帮助你更让我开心的了。只是现在，我觉得……我觉得自己已经没有什么能做的了。我觉得没有人再需要我。如果没有人需要我，我就再也不知道我是谁了。我感到很迷惘。你瞧，跳跳，我生活的意义就是帮助别人。我总是在帮助那些需要帮助的人，即便森林里的人害怕我。因为他们不了解我，也不了解我做的事。他们都以为是我在晚上抓走了他们的孩子，但其实我是在保护那些孩子，给他们一个庇护所，让他们活下来。现在森林里的事情都已经

很好地解决了，学校开办得不错，你们似乎都已经找到了目标……可是我好像找不到自己了。请你们一定要照顾好彼此，因为已经没有人需要我来照顾了。没有人需要我的帮助。而且……我已经对自己没有信心了。如果我自己都无法相信自己，又怎么为你们提供建议呢？我还能做什么呢？"

跳跳感受到了他的痛苦，因为孩子们总能在第一时间觉察到他们爸爸妈妈的状态。她想全心全意地帮助他。

"呜呼，如果没有你，森林、学校、森林里的居民们……所有的事情都会变得不一样。没有你，我今天就不会在这儿了，命啊也永远找不回他的勇气。因为有你，蝗虫总才改邪归正。雪球那只小乌鸦才不再因为羽毛的颜色受到歧视，因为是你教育我们除了善良的心和敏锐的头脑，其他的一切都不重要。我们永远需要你，现在需要你，将来也需要你。和我们一起去吧，呜呼，帮助我们找到希望的爸爸妈妈。我相信这趟旅程会帮助你找回自己的。请你相信我！"

呜呼这么长时间里第一次露出了笑容。

"我相信你，最亲爱的跳跳，我会和你们一起去。但不是因为你们需要我的帮助，而是因为……我自己需要帮助。当我们陷入困境时，总要从朋友和家人那里寻求一些帮助。你就是我的家人！谢谢你到这里来，对我说了这些我很需要听到的话。你给了我力量。我得行动起来。麻烦你去一趟学校图书馆，找一些关于航行的书，看看我们要怎样到达格陵兰岛。"

"这就是我准备做的，呜呼！不要怕！我们会安然无恙地到达那里的！"

接下来的三天，跳跳从早到晚一直泡在图书馆里。她读了关于腓尼基水手的书，他们穿过地中海，到达了欧洲和北非。她发现阿拉伯人和中国人航海时会通过星星和太阳的位置辨认方向，他们穿越印度洋的时间比欧洲人要早得多。

太阳从东边升起，从西边落下。当夜晚多云，看不见星星时，这些古老的水手会观察海浪的波峰，因为它们显示着风的方向。

跳跳意识到，风会帮助他们的热气球飘到格陵兰岛，所以她决定深入研究一下。她发现风的名字和速度取决于它们形成的地点和高度。接着她又读到了北极星的重要性。很明显，当夜幕降临时，这颗星星升起的地方就是北极的方向。

此外，跳跳发现还可以通过观察南十字座找到南极。再后来，水手们学会了使用罗盘，罗盘会指向南北方，因此能显示出其他三个基本方位；还有六分仪，那是一种用来确定地平线与某个天体——比如太阳、月亮或恒星——之间的角度的仪器。在完成了很多趟难以想象的奇妙旅程后，水手们追溯着他们航行过的大海，绘制了地图。

跳跳从学校图书馆借了好几本地图集，她终于对自己的航海能力有了些信心。她已经为开启这趟伟大的旅程做好了准备。其他人的任务又完成得怎么样了呢？

呜呼打包了足够多的物资，足够每个人吃好几天的食物，还有用几十个掏空的南瓜储存起来的清甜的水。他还在吊舱底部铺了一层橡木木板，甚至

还在上面又堆了一些。他们会在石盆里点燃这些木板，制造热空气，让气球飘起来。

至于英俊……英俊设计和制作出了世界上最美的秋裤！他用蜘蛛丝和柔软的羊毛织布，用来增加弹性；再用鹅绒做内衬，增添了秋裤的保暖性。当然，他还在秋裤上装饰了各种富有想象力的图案。他自己的那条秋裤上绣着一个漂亮的 Y——英俊威登的 Y。跳跳的那条秋裤上绣着一双精致的翅膀，因为她是那个带领他们飞去格陵兰岛的人。依照承诺，英俊为闪电球设计了一只绝妙的袜子，让他能扭着进去，然后从脚套到……头。这只特殊的袜子上绣着一道闪电，但我想这并不出人意料。当要选择呜呼秋裤上的图案时，英俊迎来了一个艰巨的挑战，他毫无头绪。英俊想了又想，希望为呜呼挑选一个最好的记号……但不幸的是，他没想到任何好主意。因此，他决定在呜呼的秋裤上绣一些大大的、漂亮的橘子。大大的、漂亮的，像猫头鹰的眼睛一样的橘子。

英俊十分满意自己的杰作——他将他的作品分

别送给它们的主人，水手们都向他表达了感谢。那些衣服确实又漂亮又暖和。所以，到了第四天，他们都穿上了衣服，站在热气球旁，准备出发。他们开始等待……

第六章

飞向格陵兰岛

希望是最后到达系着热气球的空地的。小乌鸦雪球把她叫醒，激动地告诉她外面有一个惊喜等着她。她安静地跟着他，暗自激动地期待着惊喜到来。她来到空地，看到所有人都围着一个浮在半空的热气球。跳跳、呜呼、闪电球和英俊用热情的笑容迎接她，他们都穿着五颜六色的奇怪服装。后来她才知道那是秋裤。在那几个时髦的家伙身边还站着命啊、蝗虫总和伟大的老鹰委顿，就是他把她从悬崖边救回来的。可到场的不只有她的朋友们，整座森林里的居民都来了，大的小的、高的矮的，都聚在一起看着……可是，他们聚在一起要看什么呢？

跳跳走向她。

"早上好，希望！"

"早上好，跳跳！发生什么事了？那个浮在空中的大气球是什么？还有，森林里的人怎么都来了？"

"希望，我们要去冒险！我们准备去找你的爸爸妈妈！这是一个热气球，它能带我们飞去格陵兰岛！"

希望抬起头，看着这个气球，她的眼睛亮了起来。

"我家？跳跳，你们要带我回家吗？"

"是的，希望，我们要飞去你家！"

希望的眼眶里充满了泪水，泪水很快就顺着她的脸颊淌了下来。像河流长长的堤坝终于决堤，河水汹涌地奔流出来。希望号啕大哭，她的泪水里包含了一个幼崽对家人可能遭受厄运的恐惧，也包含了一个幼崽对爸爸妈妈以及那片雪白无垠的土地的思念。她在那里出生，在那里和伙伴们玩耍，直到……直到一切开始消融。跳跳、呜呼、雪球、命啊、蝗虫总、英俊和伟大的委顿都被小北极熊的悲伤深深触动，他们将希望团团围住，给了她一个大大的拥抱。希望能感觉到她的新朋友们，也是十分珍贵的朋友们，想帮她减轻一些思念和痛苦，他们想保护她、帮助她。于是，她哭了又哭，直到感觉好点了。

然后她擦去眼泪，对他们说道："谢谢你们！"

她的话标志着这次旅程的开始。他们准备好出发了。呜呼用他强壮的爪子轻柔地抓起跳跳，挥了挥翅膀，把她带到了吊舱里。跳跳对希望喊道："你能自己爬上来吗？"

开心的希望灵活地顺着绳子爬了上去，跳进吊舱里。尽管北极熊看起来庞大又笨拙，但只要他们想，他们的动作也可以十分敏捷，而且他们都是非常优秀的攀爬者。

闪电球也想顺着绳子爬上去，但英俊立刻阻止了他。

"停下！我会亲自带你上去！虽然火鸡飞不了太远，但把你带进吊舱还是完全没问题的。你不能再出意外或者再摔一下头了，说不定这次醒来你就要唱歌了。我真的无意冒犯，亲爱的朋友，但你确实是个音痴，而且你的嗓音太可怕了，我实在不想去格陵兰岛的路上一直听你发出指甲划在黑板上那样刺耳的歌声。"

闪电球试图用诗歌反驳英俊这番惊人的言论，但英俊毫不在意，飞快又小心地抓住闪电球的壳，他做了一点小小的努力，飞了两三次，终于把闪电球放在了吊舱里。气球下方的石盆已经被点燃了，呜呼还在不停地往里添木板。火焰高涨，热空气让气球膨胀起来，系在地面的绳子已经绷紧了。跳跳飞快地用喙从一个小背包里拖出她的笔记，重读了一遍，确认他们要把气球升到多高才能借到一阵风，把他们带去格陵兰岛。闪电球见英俊挪开了盯着他的眼睛，专心去清理秋裤上的干草屑了，便瞅准机会冲到吊舱边上，像一个真正的天空诗人一

样，用洪亮的声音冲着地面上仰望着他们的小动物
高声朗诵起来：

英雄们就要出发前往未知之地，
要一路飘过大海、冰原和荒地，
以我的人格发誓，我们绝不会放弃，
直到希望在她父母怀里欣喜地哭泣！
牙尖嘴利的河狸朋友们，
把绳子咬断吧，
裹在这条秋裤里，我快不能呼吸啦！

他话音刚落，河狸就一口咬断了绳子。气球终
于挣脱了束缚，飞快地向天空飞去。旅行者们越过
吊舱往外看，下方的空地越来越小，森林里的居民
向他们挥着爪子、蹄子和翅膀，祝他们一路平安。
五个小伙伴当然也会害怕。他们不知道前方等待着
他们的到底是什么，不知道这趟旅程会是什么样
的，他们到底会遇到什么障碍。但他们不后悔。他

们很高兴能帮助希望。尽管这是一件非常困难的事情，但他们知道身边还有彼此可以依靠。真正的朋友绝不会在艰难的时刻离你而去。

不过几分钟，气球就到达了跳跳预料的高度，并且恰好赶上了一股吹往格陵兰岛的风。森林、丘陵、山脉和河流如今看起来就像一幅五彩斑斓的地图，几个小伙伴飘在洁白蓬松的云朵间，这些云看起来如同一群绵羊，正在无边无际的蓝色平原上安静地吃草。我说的是真正的云，可不是闪电球吃了一大碗豆子后从身后放出来的那种"云"……

第七章
筋疲力尽

五个小伙伴飞了几天几夜。这可不轻松，一点也不轻松。事实上，让我们诚实一点！这趟旅程越来越艰难，但没人敢抱怨。有时候，为了赶上方向正确的风，气球得飞到离太阳很近的地方。跳跳会告诉呜呼多添一些木柴，好让热气球升得更高些。可是，飞得越高，他们就感觉越冷。即便太阳向他们投来温暖的阳光，他们还是穿着秋裤瑟瑟发抖。河狸用来制作吊舱的柳条结冰了，他们每次移动，秋裤和手套都会粘在冰上。他们的饮用水每天都会被冻住，如果要喝水，就得把装水的南瓜拿到烧着火的石盆边解冻。但有时候，气球又得飞得低点，靠近地面一些。伙伴们就得把火熄灭，让空气变冷，

慢慢地降到云层以下。我甚至都不敢向你们说起那场袭击他们的暴风雨，也不敢说起气球和吊舱是怎么在倾盆大雨里剧烈摇晃的。他们勇敢地穿过了厚重的乌云和密集的银色闪电。第一道闪电劈过来的时候，英俊还以为是照相机的闪光灯，因此尽管他浑身湿透、被摇晃得都要吐出来了，还是对着它露出了笑容。他希望能留下一张完美的照片。他觉得既然粉丝们对他如此热情，决定让他永垂不朽，那他一定要留下最佳形象。至于秋裤……好吧，秋裤里的鹅毛内衬已经吸满了雨水，就像暴雨中的海绵，沉甸甸地坠在身上，让他们都难以移动。

但他们仍然对彼此微笑，尽管已经笑不出来了。这是他们相互鼓励的方式。这五个小伙伴会围在石盆旁吃饭，伴随着欢快跳动的火焰，讲述他们这一路的冒险经历，同时烘烤着他们的秋裤。闪电球从来没有忘记自己的使命：他用诗歌送他的朋友们入眠，又用诗歌唤醒他们。他从周围发生的一切事情中汲取灵感。比如，英俊正躺在吊舱的一个角落里，像是要晕倒了。他又想吐了，就和有些人会晕车、有些人会晕船一样。英俊的脸变成了蜡黄色，他的肉垂也是。他已经不在意自己的形象了，公平地说，他这会儿已经不在意任何事情了。随着眼皮越来越沉重，他小声嘟囔着："亲爱的朋友们，我的生命快到头了！我只有最后一个心愿，我希望我的墓志铭可以这样写：这里躺着这个星球已知的最英俊、最勇敢、最尊贵的火鸡……不！这个星系已知的……我的意思是，说不定还有别的星球，还有其他火鸡，虽然我十分确定不会再有我这么引人注目的了……天哪，这样一个样本居然就要灭亡了，真是太遗憾了！我的意思是，我就要死了，这真是太可惜了！我敢肯定，我的秋裤会成为时尚界的热门单品……天哪，太让人心痛了！对……对……你们一定要在我的墓碑上刻上我完整的名字：辉煌的苏格兰王子、设计师英俊威登。"

闪电球先生将他的触角和眼睛从袜子里支棱出来，困惑地看着他的火鸡朋友，听着他说的话。闪电球在这趟旅程中适应得很好——无论如何，比他的朋友们好得多，因为每次下雨，他就假装把重要东西落在了他的壳里，立马退回去躲避风雨和寒冷。当然，他只会在里面停留一小会儿，因为他知道他的朋友们都没有壳，而他也想和他们一起待在外面，和他们共进退。在里面停留的那一小会儿已经足够他充好电、保持乐观的心情了。英俊假装没注意到他的朋友们正看着他。甚至，相反地……为了确保闪电球了解他有多难受，并且马上就要死掉，英俊开始更大声地哼哼唧唧："天哪，痛苦，折磨，悲伤……我太不幸了，我再也无法忍受了。尽管我是全世界最强大的鸟儿，但似乎生活残酷的本质终于要将我耗尽了！再见了，我的朋友们！永别了！不要忘了我！"

闪电球开始作诗了：

可怜的老英俊，

多么优秀的一只火鸡！

我还记得他，

如此美丽又值得尊敬的鸟，

但可惜，他什么也没有留下，

不管是翅膀，还是一根头发！

是谁湿漉漉脏兮兮地躺在那儿？

是谁不幸又可怜地离开了这儿！

他凌乱不堪，套着湿透的秋裤，

这是比垂死的天鹅更糟糕的结束！

英俊猛地停下了呻吟，激动地跳了起来。

"我？可怜？我英俊？麦克英俊？英俊威登？脏兮兮？凌乱不堪？你这只黏糊糊的蜗牛，你怎么敢这么说？镜子南瓜在哪里？"

镜子南瓜就是那些装着水的南瓜，只是里面的水都冻成了冰。英俊把南瓜里的冰擦得锃亮，直到能在里面看到他的倒影。这只火鸡一直很细心地把他的镜子放在尽可能离火远一些的地方，以免它被融化。当他觉得没人注意到他的时候，会时不时地

偷偷瞥一眼镜子里的自己，他会对着自己的倒影扇动睫毛，会揉搓自己的脸颊，让它们变得红润，还会用翅膀捋平秋裤上的每一道褶皱。这会儿，他被闪电球的诗刺激到了，正要跳到南瓜镜子前疯狂地修复自己的形象，同时大声对闪电球说道："太棒了！我真是太有魅力啦！我已经准备好用我不恰当的光彩迷倒格陵兰岛的生物了！"

　　闪电球笑了。他很了解他的朋友，他知道只要提到英俊最在意的美貌，他就能一秒恢复过来。希望也如释重负地笑了，她也想帮忙，只是不知道该怎么做。小北极熊是唯一一个不怕冷的，她有时挤在跳跳身边，有时挤在呜呼身边，有时挤在英俊身边，用自己毛茸茸的皮毛温暖他们。跳跳也笑了，她还在研究她的地图和笔记，还有呜呼，也一边往火里扔木柴，一边笑了。他们都在想还有多久才能到达格陵兰岛，他们的木柴已经不多了……

　　在接下来的几天里，旅行者们经常问自己这个问题。没有人把自己的担忧说出来，因为那意味着他们不相信跳跳有能力根据白天太阳的位置以及夜晚月亮和星星的位置选择正确的路线。他们看着跳跳每过一天就用她的喙在吊舱的一侧画一条线，好像……咦，他们不是应该已经到了吗？跳跳当然也很忧心，她不停地翻看地图，用喙叼着一根焦黑的木棍重新计算路线。在一个比之前每一天都冷的早晨，她正计算着路线，一阵轻柔的风带着气球穿过了一团阴沉浓密的云。接着，传来了一个恐怖的声音，把所有人都吓得跳了起来。

第八章
正在消亡的岛屿

仿佛天空中所有的雷都汇聚在一起，发出了最震耳欲聋也最惊心动魄的轰鸣声。即使是一千架大炮也发不出这样的巨响。所有人都冲到吊舱边上，想看看到底发生了什么。不幸的是，除了飘浮在他们下方那团巨大的积雨云，他们什么也看不见。

"呜呼，拿掉一些木头，我们得降下去看看发生了什么！"跳跳对呜呼说。

呜呼用他戴着手套的翅膀把火熄灭。气球开始穿过云层下降，但很快又陷入了一团古怪的奶白色浓雾中。他们依旧什么也看不见。旅行者们的汗毛都竖了起来。气球还在下降。几个小伙伴心中的恐惧不断增加。他们完全不知道自己身在何方，又会遇到什么……没准儿他们会遇到一个巨大的怪兽，就是他发出了**震耳欲聋**的怒吼，他会把整个热气球一口吞掉。然而，忽然间，雾散开了，出现在旅行者们眼前的景象让他们都说不出话来。

他们仍然在海洋上空，但是在一片无边无际的、白茫茫的大地边缘。堆积如山的白色碎冰像扭曲的灯塔一样守护着这片土地，却被某种看不见的神秘力量撕裂。一连串越来越响的噼啪声以无法控制的速度从远处传来。随着一声雷鸣般的裂响，一块巨大的冰川开始滑落。随后，伴随着一声怒吼，冰川从冰山上断裂开来，落入海中，海水剧烈地奔涌，发疯似的泛起泡沫。希望喃喃地说："这里就是我家。我们到家了。这里就是格陵兰岛，正在消融的岛。"

格陵兰岛，这座世界上最大的岛屿，它的冰层正在融化。地球上很大一部分美丽的事物和生命正在缓慢但不可逆转地消失在水中。同时消失的，还有大多数野生动物的家园。北极熊、北极狼、雪狐、驯鹿、海豹，以及成千上万种鸟类都不得不离开他

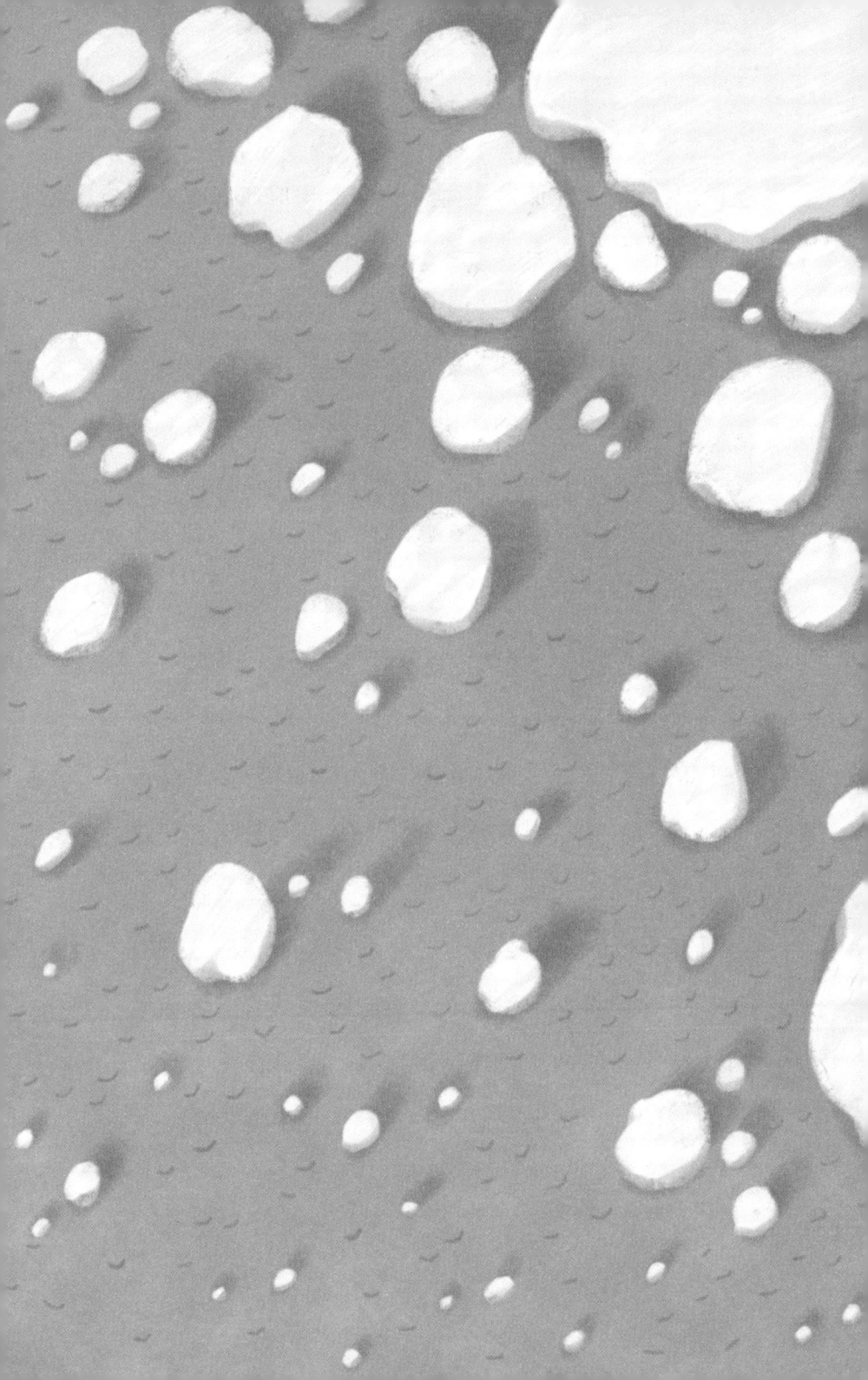

们的家园……他们能去哪里？谁来收留他们？谁来帮助他们？有没有人考虑过这些动物的健康？考虑过他们的孩子和他们的未来？这些问题一直困扰着跳跳，也困扰着呜呼和希望。他们都怀着巨大的悲伤看着海洋中漂浮的冰块。闪电球和英俊看着一片壮丽的王国变成一幅荒凉、忧伤、让人心碎的景象，也难过极了。

这个冰雪王国正缓慢地坍塌成碎片。一个渺小的、不为人知的，却满载着生命的世界正逐渐消失。该责怪谁呢？他们已经知道答案了。跳跳在闪电球教授的科学课上学到了全球变暖。自从呜呼把跳跳带到他们之中，闪电球就一直对她和森林居民讲关于全球变暖的一切。因此，每个人都知道这件事的责任在于他们在书中读到过的那些智力发达的生物。那些生物懂得如何治愈非常危险的疾病，能够飞到外太空，也能到达海洋的最深处。跳跳在想为什么这些聪明的生物宁愿去别的星球，也不愿意放过他们自己的星球。为什么他们执意要摧毁地球？为什么他们选择用垃圾毒害土地和水源？为什么他们要用汽车和工厂排放的废气让空气变得难以呼吸？他们的忽视对地球的影响非常严重，以致这颗星球为了报复他们，掀起了可怕的风暴、洪水、干旱和山火……如今轮到了消融在海里的格陵兰岛。

在风的引领下，热气球离开了海洋，飘浮在一片冰雪的上方。这里没有任何生命的迹象，没有任何活动的轨迹，只有一片寂静。或者……等等！远处的某个地方，有什么东西在用令人难以觉察的声音踩雪地。这东西的步伐缓慢而笨拙。风正把五个旅行者带向那个已经停下的身影，不管那是个影子还是生物。

"呜呼，往火上倒些水！我们得立即降落，去看看那是谁！"跳跳对呜呼说。

希望后腿直立站在吊舱边缘，盯着那个身影，眼里闪着期待的光芒。前面会是我妈妈或爸爸吗？小北极熊在心里问自己。或者，会是知道我爸爸妈妈下落的人吗？呜呼迅速地往火上浇水，当热空气冷却下来时，气球降落得越来越快。

"是熊！是一只北极熊！"希望高兴地叫起来。

在冰雪世界里，希望的视力比她的朋友们要好得多。她的眼睛生来就能在一片白色中辨认出生命活动的迹象。几分钟之后，吊舱落在了雪地上，又被风拖着往前滑了一段距离，才完全停下。气球几

乎完全瘪了，落在他们旁边的雪地上，似乎经过这么长时间的飞行，它已经筋疲力尽。希望从吊舱里跳下去，全速奔向那只北极熊，后者停住了脚步，看着她靠近。

"等一下，希望，等等！你可能会有危险！"跳跳在她身后喊道。

可是希望已经跑得太远了，完全听不到跳跳的话。她离另一只熊越来越近，那只熊正在那里等着她。

呜呼轻轻用爪子抓起跳跳，英俊抓起闪电球，虽然闪电球又一次试图抗议，但后来重新考虑了一下……最终决定与其在雪地里爬着走不如被人带着走。他们要跟上希望。当他们就要赶上她的时候，希望停在了距离另一只熊几步远的地方。她只说了三个字：

"纳努克！"

第九章

新世界

　　纳努克是一只老北极熊了。一只很老、很老的
北极熊。如果她不是一只北极熊，到了这个年纪，
她的皮毛一定已经像冬天的雪一样白。她是一只母

熊。她看着希望，眼中是满满的慈爱。不过，很快她的目光就被呜呼和英俊吸引了，她看着他们落下来，卸下他们珍贵的货物——跳跳和闪电球。

"噢，天哪，多么美好的一天！"闪电球尖叫着说道。他开始上蹿下跳，在蓬松的雪地里不停扭动着身体。

所有人都疑惑不解地看着他。闪电球很快停了下来，他意识到自己此刻的行为有些不合时宜。希

望冲到母熊面前，扑进了她的怀里。

"纳努克，见到你真是太高兴了！我终于回来了！你还好吗？我的爸爸妈妈呢？"

年老的母熊紧紧地抱住这只幼崽，温柔地抚摸着她。

"欢迎回来，亲爱的希望！我也很高兴见到你。这些……生物是谁？一只看着像猫头鹰，虽然他不是白色的。而其他几个……我从来没有见过像他们这样的动物。"

"他们是我的朋友，纳努克！他们是我最好的朋友！是他们在森林里照顾我，就是爸爸妈妈要去找新家园的时候送我去的那座森林。你看，他们现在带我回来找爸爸妈妈了！"

"原来如此。那他们也是我的朋友。"

母熊迈着重重的步子走向跳跳、鸣呼、英俊和闪电球。四个小伙伴直冒冷汗，但不是因为雪，而是因为……

突然，他们中间传来"噗"的一声。声音是从英俊的方向传来的，但他指向了闪电球，似乎想把责任转移到他身上。闪电球的脸因为愤怒而涨得通红，于是英俊立马说：“好吧，好吧，是我，是我干的。我放了个小小的……呃……小小的云。怎么说呢，我有点害怕。纳努克是一只很大的北极熊。比森林里那只拒绝和闪电球决斗的棕熊朋友大多了。”

纳努克笑了起来。“你是一只什么呢？”

“火鸡，火鸡，我是一只火鸡，女士。一只苏格兰火鸡，女士。我的名字叫英俊，呃，更准确地说，是英俊威登。我绝对是非同一般的，我希望你能自己看出来……女士。好吧，公平地说，我平时会更好看，这趟旅程真是太耗费精力了。我有黑眼圈了吗？不，这绝不能接受……快，我急需一次面部护理！一张面膜，一支去角质膏，再在眼睛上敷两片黄瓜……但我真的喜欢北极熊，我发誓！我非常崇拜他们，我一直想认识他们！呃，事实上我并不是很想死……我的意思是我热爱这个世界上所有美丽的事物，而北极熊就是最美丽的生物！你很美，我保证。没有我这么耀眼，但也……"

"你不必害怕我，火鸡先生。其他人也一样。"

"我叫呜呼，女士。"呜呼尊敬地向她简单介绍了自己。

"我叫跳跳！"跳跳对母熊说。她的笑容里没有一丝害怕。

闪电球也介绍了自己：

我是闪电球，最敏捷，速度最快，

是蜗牛，是老师，是舞者，

除此之外，

刚做了一个月诗人，

具有作家的睿智，

很快还会成为技艺高超的斗牛士！

噢嘞嘞嘞！

"我叫纳努克。"母熊回复道，"真的很感谢你们对希望的照顾。她是我亲爱的孙女。我爱她超过一切。我一直在等她回来，因为我要告诉她，她的爸爸妈妈在哪里。"

"他们在哪里？爸爸和妈妈在哪里？"

"他们去了……"

纳努克陷入了她自己的思绪中。

"有人说外面有一个新世界，他们便去了那里。

那个新世界应该和这个世界出现错误之前一样，是一个还没被破坏的世界，一个没有出现差错的世界。在那里，所有的动物都可以没有后顾之忧地生活。在那里，人类还没有来抢劫大自然，他们不能打猎，也不能摧毁任何东西。格陵兰岛所有的动物都去新世界了。我听说还有很多来自世界各地的动物都去那里了。所有能离开的动物都去了。尤其是那些濒临灭绝的物种。他们希望能在那里继续繁衍。"

第十章

濒临灭绝

"奶奶，你说濒临灭绝的物种，是什么意思？"希望问。

"亲爱的，意思就是有些物种几乎全都死了——地球上只剩下很少几个个体了。一旦这些个体也死掉，他们整个物种就消失了。到那时我们就只能在历史书、地图册或者电影里看到他们了。现在已经有太多物种消失了，还有更多的物种正在面临巨大的危险。"

"怎么会这样呢，奶奶？是因为他们太弱小，没办法保护自己吗？"

"不是的，亲爱的。有一些很大的物种也濒临灭绝，比如蓝鲸。他们是地球上现存最大的哺乳动物，但他们正在消失。几个世纪以来，人类一直都在猎杀他们，为了得到他们的肉和脂肪，把他们做成油。人类还为了得到象牙几乎杀光了大象，为了美丽的皮毛几乎杀光了老虎，还有黑犀牛、白犀牛、强壮的大猩猩、大白鲨，以及美洲豹。骄傲的美洲秃鹫和可爱的大熊猫同样面临着灭绝的危险。很多种类的哺乳动物、爬行动物、鸟类和昆虫都在灭绝……希望，我们北极熊也处在巨大的威胁之中。我们已经没有多少伙伴活着了……曾经强大到令人生畏的北极熊，也快灭绝了。"

跳跳、呜呼、英俊和闪电球**目瞪口呆**地听着这只北极熊的话。在他们的森林里没什么物种濒临灭绝。好吧，说实话，最近猞猁似乎减少了，但欧洲野牛回来了！欧洲野牛是一种又大又强壮，头上长着角的哺乳动物，经常在童话故事里出现。有一段时间，他们似乎要绝种了，但不知怎的，没人知道是怎么回事，他们又重新出现在森林里。跳跳壮着胆问道："这些动物……都是人类杀的吗？"

"事实就是如此，小家伙。不管是故意这么做，还是他们的其他行为最后导致了这样的结果。"

"你说的其他行为是指什么？"

"当他们决定砍伐森林，毁掉这些物种的栖息地时，就给动物们带来了大量的痛苦，甚至死亡。他们让许多动物失去了住所或食物，最终导致灭亡。人类并没有意识到，他们甚至不需要设下陷阱，也不需要朝我们开枪，就能轻易杀死我们。他们只要毁掉大自然和这个星球，我们就会死掉。在人类明白这个事实之前，我们会不断消失，一个物种接着一个物种，直到最后……"

"最后怎样？"英俊怀着深深的忧心问道。

然而还没等到北极熊回答，又一处冰川突然裂开，伴随着轰隆的巨响滑进海里。纳努克叹息了一声。

"你们必须马上离开。跳进你们的气球，飞到新世界去。快！飞去那里找希望的爸爸妈妈！"她对跳跳、呜呼、英俊和闪电球说。

"奶奶，您也跟我们一起去！"希望靠在纳努

克的怀里哭喊道。

　　"我离不开了，希望。我想留在这里，留在格陵兰岛。我已经非常老了……这里是我的家，我想在这里度过最后的时光。我不会觉得孤单，这里有太多回忆陪伴着我，而且都是美好的回忆，很美好……但你必须走。因为只有你和其他去了新世界的孩子活着，我们这个物种才能保留一丝机会。而且，谁知道呢……也许某一天人类会意识到他们正在毁灭这个星球。也许他们会停下来。而你们，会回家，回到格陵兰岛。我保证，有生之年我一定会在这里等着你们，我还有几年时间，这里也还有些食物可以捕食。"纳努克温柔地笑着，对希望说，"去吧，该走了！"

希望再次扑上去抱住她的奶奶，纳努克也紧紧地抱住她。

"奶奶，我保证我会回来的，等我！"

"我会的！当你再回来时，我们就会知道格陵兰岛仍有希望！我们就会知道这座岛屿还能生存下去，北极熊也还能生存下去。再见！飞走吧！"

他们都转身跳进吊舱，可是跳跳突然想起有一件事要问北极熊："纳努克女士，你知道新世界在哪里吗？"

"把你们的气球升到空中，让风领着你们去。这听起来像个奇迹，但也许是大自然本身就想帮助你们。她很乐意带你们去那个神圣的地方。很多人是站在漂浮的碎冰上或是乘着漂浮的木头离开格陵兰岛的。那些被风唤来的浪把他们安全地带到了新世界。这都是候鸟们告诉我的，他们同样被风带到了那片神奇的土地。勇敢地出发吧，祝你们一路平安！"

等他们全都跳进吊舱里，呜呼立刻用剩余的木柴点起了火。吊舱底部没剩多少木柴了，因此呜呼祈祷这趟旅程不要太长。热空气升起来，填充了气球，带着他们往天空飞去。

"全员登舱完毕！"英俊大叫道，他主要是为了听到自己的声音，因为大家都已经在吊舱里了。

但他自我感觉棒极了。这会儿，他不只是设计师和王子，还是一位热气球船长！跳跳迅速打开她的背包去拿地图和笔记，但她很快停住了。什么笔记？什么地图？路线是什么？没有人知道新世界在哪儿，没有人，除了风，似乎只有它知道。所以，他们能做的只有把自己的生命和未来托付给风。这次没有任何绳索拴着气球，它很快就飞到了格陵兰岛上空，希望向纳努克挥手道别，纳努克一直目送着孙女离开。当然，闪电球觉得自己有责任再赋诗一首。他试图爬到吊舱的边缘，就像站在真正的舞台上那样，这样每个人都可以看到他，听到他吟诗。

可是他的秋裤粘在了吊舱的内壁上，他不得不在中途停下来……

好吧，哟，哟，哟，一，二，三，

看我遇到了什么难关：

我被自己的秋裤困在了这里！

我想作一首简单的诗，

来纪念我们这趟远行！

我们就像哥伦布一样，

会因为勇气而扬名！

现在我们要启程去寻找这个新世界，

去看看希望的父母，

他们度过了怎样的日夜！

对了，有谁能让我离开这儿吗？

我太冷了，让我喝一杯热茶吧！

英俊笑得咯咯直叫，他来到闪电球身边，问道："这是怎么了，我们当中跑得最快的生物？你的脑子里进冰块了吗？等我们回家了，我保证给你织一条防滑又防冻的秋裤。"

英俊说完，将闪电球从吊舱的内壁上拎了下来，丢在他能忍受的距离石盆最近的地方，让他暖和起来。

气球已经升得很高了，一股似乎突然出现的强风以一种不可思议的力量将它刮向大海，仿佛有一个顽皮的、看不见的精灵像吹蒲公英一样吹着这个气球。乌云如龙卷风一般将旅行者们团团围住。希望用她的前掌紧紧抓住吊舱边缘，英俊也一样，只不过他用的是翅膀。英俊一脚踩住了闪电球的尾巴，以免他的朋友飞出去。见闪电球想反抗，英俊打断他："闭嘴。我正在救你的命。"

跳跳也正面临着巨大的危险。她没有翅膀，无法抓住吊舱边缘。她试图用喙咬住，但就像咬在光滑的玻璃上。呜呼突然过来抓住了她，把她拢在自己柔软又温暖的羽翼之下。跳跳感觉自己比任何人都安全。她觉得《绿野仙踪》里，多萝西的房子被旋风吹到天上时，她一定也像自己刚刚一样害怕。但跳跳知道，这股吓人的强风一定会将他们带去新世界。

他们不知道自己这样飞了多久，被风推着穿过了一团又一团的乌云。谁知道呢，也许过了好几个小时，也许才几分钟。但在这几个旅行者眼中，像是过了好几天。他们被乌云和风暴包围了，既看不到太阳，也看不到月亮和星星。五个好朋友被大雨浇得湿透了，但幸运的是，吊舱上的冰融化了。也许是因为他们离地面近了，又或许是他们已经远远地离开了格陵兰岛，往温暖的地方去了。可他们完全不知道那些温暖的地方叫什么。他们只知道现在最希望的就是这趟飞行快点结束，并且，最好是有一个愉快的结局。

狂风停下了，和它刮起来时一样突然。浓雾像收到指令一般消散，一道明亮的光映入他们的眼睛，差点把他们刺瞎。你猜

发生了什么，竟然是闪电球最先反应过来，尽管他还被英俊踩在脚下。他顶着重物喘着粗气，努力发出嘎嘎的叫声，又开始吟诗：

那明亮的地方就是天堂吗？
还是太阳的家？这是个问题……
如果死神还没有夺走我的生命，
英俊沉重的脚就要做到了，
我能肯定！

接着，他以最大的音量喊叫道：

英俊，马上放开我，
不管什么理由，
不然我可能会咬你脚指头！

英俊飞速闪到一边。闪电球站起来，鼓起他对这位朋友全部的爱，说道：

谢谢你，我长羽毛的朋友，
对你的无尽感激拥在我心口！
我再也不会同你争吵，
今天你救了我的命，
我会牢记你的好！

　　那道让他们什么也看不见的强光消失了，仿佛有人轻轻拨了下开关，关掉了一个悬挂在天空中的大灯。太阳将春天般的温暖和光亮投向吊舱里的五个伙伴。天空清澈，空气清爽。气球乘着柔和的微风缓缓飘浮着。旅行者们鼓起勇气，匆匆来到吊舱边，想看看他们到达了何处。然后，他们见到了奇迹中的奇迹。

第十一章
地球上的天堂

　　他们仍然飘浮在海洋之上，但地平线上等着他们的是一个神奇的世界。他们越靠近，那个世界就显得越发美丽。它是完美的。海洋突然让位给了一片金色的沙滩，沙滩上的沙子看起来细腻柔软得让人难以想象。海岸边成行排列着柔韧的棕榈树，也有耸立的冷杉，像蜡烛一样又高又直。在这片大陆的更深处，棕榈树和冷杉的后方，是一片郁郁葱葱的广袤森林。随后他们看到了森林后面起伏的山丘，而山丘之后，是一道雄伟的山脉，山脚是光秃秃的岩石，山顶覆盖着皑皑白雪，高得像要穿透蓝天。海里到处都是各种各样的动物，他们正开心地划着船，有海豚愉快地围着他们游泳。那些海豚时不时地会像自流井一般朝天空中喷水，水溅在旅行者们身上，仿佛在欢迎他们来到这个童话世界。一想到就要到达那个被称为新世界的神圣之地，他们开心地觉得气球边仿佛有五颜六色的美丽鸟儿成群飞来，欢快地叽叽喳喳。

这是一个崭新的世界，原始且未被开发。无论海里还是沙滩上都还没被塑料制品玷污，一个塑料瓶或塑料袋都没有，很幸运这里还没有任何证据显示出人类对他们最重要的财产——这个孕育了他们的星球——的漠不关心。天空还没有被人类的工厂、机器和城市产生的黑色尘埃和有毒废气笼罩。新世界看起来是一处充满生机的地方，那些濒临灭绝的动物可以在这里愉快地组建家庭，繁衍后代。

呜呼往石盆里浇了些水，好让他们的气球降落在宽阔的沙滩上。他们在一片椰树林附近降落。希望因为耐不住对父母急切的思念，不停地颤抖起来。她已经等不及要去见她的爸爸妈妈了，所以她第一个跳出吊舱，落在金色的沙滩上。此时她的四个朋友还在惊讶于见到或即将见到的动物。他们很快跟着小北极熊来到沙滩上。

呜呼一下来就像脚下生了根一般定在了原地。他的眼睛瞪得像茶碟，喙一张一合，却说不出一句话来。

"呜呼，怎么了？"跳跳担忧地问他。

呜呼没有回答她。他注视着沙滩，仿佛看见了什么别人看不见的东西。

"嘿！呼呼，听到了吗？"英俊开玩笑地叫着呜呼的绰号，但没什么用。

他突然涨红的肉垂让其他三个小伙伴看出了他的忧虑。每个人都深爱着呜呼，而且在这趟旅程中，他们都注意到了这只老猫头鹰的不对劲。他们不需要跳跳提醒也看得出呜呼不像他自己了。整个旅途中呜呼没说几句话，只是安静地完成着他的任务，和往常一样认真。可是现在……他的喙张得大大的，脱口而出："嘟嘟！嘟嘟！嘟嘟！"

"不，他已经精神失常了……"英俊伤心地嘟

嚷着，"呜呼也加入了闪电球的疯癫团队。他在胡言乱语了。我们现在该怎么办？"

呜呼听不到他说话。他目不转睛地盯着朋友们无法看见的一些东西，不停地重复着："嘟嘟！嘟嘟！嘟嘟！"

跳跳决定往呜呼盯着的方向看看，她很快看见了几个移动的身影。那些身影正径直朝着他们走来，他们越来越近，越来越大。接着那些身影变成了真正的鸟！这是一些奇怪又美丽的鸟！跳跳从没见过这种鸟。他们有五六只，正无畏地走在海滩上，啄食着沙子里的东西。他们身材敦实，步态摇摆，有点像英俊。但他们的喙和英俊不一样，有鸭嘴那么宽。而且他们的翅膀已经基本退化了，对他们敦实的身体来说实在太小了，显然是不能飞的鸟。

这些神秘的鸟很快来到了他们跟前，惊讶地看

着他们。其中最大的那只首先开了口："欢迎来到新世界，旅行者们！不用害怕，在这里你们很安全。很快你们将受到正式的欢迎！"

然后这只奇特的鸟儿微笑着对跳跳说："也欢迎你，小渡渡。你不需要翅膀也能飞翔，对吗？"

接着他们就继续往前走了，留下这几个朋友在后面不停地赞叹。呜呼也笑了，他从震惊中恢复过来了。

"你们知道自己刚刚见到了什么吗？"呜呼问他的朋友们，"你们知道吗？我们刚刚见证了这个新世界的第一个奇迹？那些是渡渡鸟。所有人都知道，他们几百年前就已经灭绝了！渡渡鸟的翅膀很小，无法支撑他们飞行，但他们不需要飞！他们的身高和结实的身体能抵抗任何捕食者，可当他们被人类发现，这样的体型就变成了危险……人类的猎杀导致了他们的灭亡。可是你们看，真幸运，他们居然有的逃到了新世界，他们这个物种存活下来了。这代表着这个新世界在很久很久以前就被发现了，因此很有可能其他被认为已经灭绝的物种还生活在这里！"

小伙伴们还没来得及补充或者提出疑问，忽然间，一个巨大的声音在森林里响起。那声音越来越大，有谁或者有什么东西正在靠近他们。他们听到树枝被踩碎的声音。树干被一股神秘而巨大的力量压弯，甚至像竹子一样被折断了。海滩开始颤动，就像下面有地震发生，每一粒沙子都震动起来。当灌木丛开始抖动时，英俊晕了过去，从里面跳出来两只……

第十二章

帕欢迎了新来者们

狼吗？他们是狼吗？不，不是狼。老虎？不，也不是老虎。是的，他们长得很像狼，但他们身上有和老虎一样的条纹。正因如此，英俊一见到他们就晕了过去。他没注意到呜呼的眼神又一次发直了，也没听到他喃喃自语："真不敢相信……塔斯马尼亚虎！天哪……最后一只差不多一百年前就死了！"

"他们没有灭绝。至少在这里没有！"一个有力的声音洪亮地说道。

大树被压弯了，一头庞大、雄壮、高耸的大象现出身影。事实上，他是一头没有象牙的非洲象。他的象牙从根部被锯掉了，只留下两个发黄的牙桩凸在他长长的鼻子下面。跳跳、希望、呜呼和闪电球太震惊了，以至于都忘了害怕这样庞大的一个生物。他们眼睛一眨不眨地盯着这个同他们说话的巨型哺乳动物。他们几乎还没有他的膝盖高。哦，相比之下跳跳和闪电球就跟蚂蚁差不多。他们跟这个厚皮动物的趾甲一般大。

"是偷猎者锯的。"大象回答了他们没问出口的问题，"他们在非洲的稀树草原上射伤了我，锯掉了我的牙齿，把我留在高温中等死。但我活了下来。其他大象找到了我，把我拖到一只木筏上，之后风和海浪把我带到了这里。这些事情发生在很多很多年前。几十上百年以前。从那时起，我就保护着这个世界，而且我欢迎所有到达这片海岸的动物。欢迎你们，朋友们！我叫帕。这个名字在南非语中是父亲的意思。我想你是叫希望吧？"帕对小北极熊说。

"你知道我的名字？"希望惊讶得嘴都合不上了。

"我猜是你。"帕回答说，"你来得很及时。你的爸爸妈妈正准备去接你。"

"我的爸爸妈妈？他们在这儿？"

希望太激动了，她几乎说不出话来，声音被眼泪堵住了，她差点不能呼吸。

"冷静点，小家伙。是的，他们在这儿。我会带你去见他们。我想你们几个是她的朋友吧？忠实的朋友，一定是，因为你们为了帮助她不远万里地来到了这里。还是说你们也都濒临灭绝？"

跳跳往前跳了一步。

"我叫跳跳。帕先生。没错，我们是希望的朋友，而且很幸运，我们暂时还没面临灭绝的危险。他叫呜呼，是一只猫头鹰，他在我们森林里的身份和您一样，像父亲一样照顾我们所有人。"

呜呼的脸红了。

"他是闪电球，一只速度快得难以置信的蜗牛，也是一位特别睿智的老师，以及一位新晋诗人。你瞧，他摔了一跤，伤到了他的……"

闪电球急冲上来，停在帕的象脚前。他尽力直视着帕，开始吟诵道：

噢，伟大的帕，

我几乎只能看到你的腰，

因为你像大树一样高！

我们终于到了，真是太高兴了，

我还以为会在中途倒下呢！

只希望我再也不用，

经历这样的飞行！

"欢迎你们，跳跳、呜呼，还有闪电球！"帕友好地对他们说。"可是，那位是只什么呢？"他用鼻子指着英俊问道。

"天哪！这是我们的朋友英俊，他是一只火鸡。"跳跳回答说，"他非常……敏感。因为，他是一位时装设计师。艺术家们总是比其他人更敏感一些。他有时会晕倒，但他真的是我认识的最勇敢的鸟之一！"

"我毫不怀疑。"帕认同道，"一定是因为这趟旅程太漫长又太艰难了。他只不过需要洗一个舒适又凉爽的澡。"

帕走到海岸边，把他的长鼻子浸到拍打着沙滩的海浪里，然后将清凉的海水温柔地喷洒到这只失去知觉的火鸡身上。

"当心！洪水来了！"英俊吓了一跳，满脸惊慌地大叫起来，"抓住一个能救命的东西，拯救你自己！"

当他又一次看见塔斯马尼亚虎，又看见高大的帕正拿海水喷他，只觉得头晕目眩，又要晕过去。但是帕当机立断地阻止了他的晕厥："先停下，设计师英俊先生！现在没时间再晕一次了。我们有更重要的事情要做。我们得带希望去见她的爸爸妈妈。而且我保证你在这儿不管遇见什么都不会受到伤害！"

英俊晕了一半便停下了，他重新站稳，回答道："好的，太好了。我不会再晕了。我明白现在的时机和场地都不适合一位美丽王子的戏剧化表演。我唯一希望的就是，尽管我的心被深深的遗憾所困扰，你依然可以看到我的美貌与才华。你要知道，我是一名设——"

"我知道，我知道，你是一位时装设计师。你的朋友们已经向我介绍过你了。或许你也可以为我织一条秋裤，让我度过这里的冬天。"帕微笑着对英俊说。

"哦，我非常乐意！即便那一定是一项艰巨的任务，看起来你的下半身至少有几吨重，如果这可以说的话……"

"谢谢你，英俊。我就当你答应了。现在我们去找希望的父母吧，你们觉得怎么样？"

他们都欢欣雀跃地答应了，跟着帕往前走去。

两只塔斯马尼亚虎沿着沙滩带着路，其他人都跟着他们。

第十三章
安然无恙

他们跟着老虎沿着沙滩一路走着，跳跳、呜呼、英俊和闪电球看见许许多多的木筏载着各种各样的动物来到岸边。有大型哺乳动物，有昆虫，也有爬行动物，来自非洲、亚洲、澳洲、欧洲，以及其他各个地方。经过这么长的旅程，一路遭遇了大雨、风暴、狂风和干旱，动物们都有些筋疲力尽，但他们都很高兴终于来到了新世界。他们不用再担忧自己的生命，不用再东奔西跑、东躲西藏。每个物种或群体都有动物专门负责迎上岸，然后领着他们去森林里或者高山上的新家。

但是希望完全没心思留意身边的喧嚣。她灵活地穿过海滩上拥挤的动物，目不斜视，一心向前。

她的心因不安而怦怦跳着，脑海里只剩下妈妈和爸爸这两个词。当她看到他们时……她的心脏一定会被纯粹的喜悦填满。

前方的某处，还在很远的地方，北极熊妈妈和北极熊爸爸正踩在膝盖深的海水里，站在一个用藤蔓绑着棕榈树干做成的木筏旁，忙着将上面的物资运上岸。

希望看见他们时，心脏差点漏跳了一拍。她拼命用最大的声音喊道："妈妈，爸爸，我来了！"

然后她就向着他们跑去。她的爪子陷在沙子里，拖住了她的步伐，但她还是越跑越快。对父母的爱与思念赋予了她前所未有的力量。沙滩上非常喧闹，动物们都在用各种语言表达着他们的热情，隆隆隆、喳喳喳、嗡嗡嗡，但两只大北极熊还是一下子认出了女儿的声音。一股难以形容的力量从妈妈和爸爸胸膛里迸发出来。他们以难以置信的速度奔向女儿，把海水溅得到处都是。没什么能够阻挡他们，即便是一座高山或是一面铁墙。他们来到希望跟前，把她抱在怀里，开始高兴得又哭又笑。就连北极熊爸爸也哭了，他那么高大，那么无畏，此时却紧紧地抱着他的女儿，北极熊妈妈则不停地亲吻和抚摸着她。他们三个都沉浸在纯粹的爱与喜悦之中，立刻就忘了分离带来的所有担忧和痛苦。跳跳、闪电球、呜呼和英俊感动地看着他们，只要能见证一秒这让人欣慰的重逢，他们愿意再经历十次这样艰难的旅行。

希望终于松开她的父母，转身看着她的朋友们，含着眼泪对他们说："你们就是一只小北极熊希望拥有的最好的朋友！"

这句话让他们更开心了，真实地、毫无疑问地开心。

"我们给他们留一些单独相处的时间吧，他们肯定有很多事情要做。"帕说，"我可以带你们看看这个新世界。请跟我来。"

　　帕摇摇摆摆地走向沙滩边缘的冷杉和棕榈树，穿过这一排树，来到了一条狭窄的小径。四个小伙伴即将踏入一个生机勃勃的世界。阳光在浓密的枝叶间跳舞，像一条条金色的熔流，茂密的植被为这片大地涂抹上深深浅浅的绿色。他们首先遇到了一群在一位银背大家长警惕的注视下玩耍的山地大猩猩。那位大家长比衣柜还大，身上的肌肉多得难以想象，正安静地吃着竹叶。离猩猩们不远的地方，有一家子大熊猫在浓密的草地上香甜地睡觉。那两只大熊猫就像坐在电视机前的扶手椅上舒适地打盹的老两口，仿佛完全没有烦恼。四个小伙伴甚至没注意到有一只令人惊叹的西伯利亚虎从灌木丛里钻了出来，平静地路过了他们，直到他像见到了一个停车标志一样突然停下来，给一群行色匆匆的赛加羚羊让路。树上到处都是各种形状、各种大小、各种颜色的鸟儿，叽叽喳喳的，要么在筑巢，要么在重修旧巢，要么在喂雏鸟。

"欢迎你们！"有的鸟经过这些刚来森林的新朋友时向他们发出问候。和渡渡鸟一样，这些鸟都更喜欢走路，而不是飞。

　　"祝你们度过完美的一天！"帕回应着他们。他停下脚步，以免伤到那几只动作缓慢的鸟。

　　"这些是鸮鹦鹉。"他向跳跳、鸣呼、英俊和闪电球介绍道，"事实上他们非常稀有。这种鸟也被称为猫头鹰鹦鹉。他们原本生长在新西兰，在那个世界里数量已经不到一百只了。他们在这里生活得很好，数量已经增加了。他们极有可能逃过了灭绝的命运。而那边，在那个池塘里，住着很多冠北螈，一种非常大的水生爬行动物，事实上，他们是世界上最大的蝾螈，但数量也在减少。"

　　帕领着他们穿过很多山洞，里面栖息着各种蝙蝠和稀有的爬行动物，还把他们带到了白雪覆盖的山顶，在那里他们遇见了很多极地生物，比如北极熊，他们在这里安了新家。

　　"这就是我们的世界。"帕对他们说，"在这个世界里，每个动物都尊重自己的邻居和同胞，最重要的是，他们尊重彼此享受美好生活的权利。没有谁狩猎，或者索取超出实际需要的东西，没有谁为了运动而杀生。要知道只有人类会为了乐趣杀害生命。大自然给了我们所有生存需要的东西。我们的食物生长在森林里，我们还可以从太阳、风和广袤的大海中获取能源。我们只燃烧那些已经去往世界另一边的老树，从不伤害年轻的、健康的树或者小树苗。我们永远不会为了埋藏在山里的财富而毁坏大山，因为我们最珍贵的宝藏就是自然。她照看着我们，我们也要照看她。所有的人类都应该明白，每一个物种，无论是动物还是植物，都有自己的用途和价值。这就是世界最初的建造方式，就像金字塔。每个物种都是筑成金字塔的一块砖。如果一个物种消失了，这个世界的结构就会留下一个洞，它的承受能力就会不断减弱。洞越多，失衡的危险就越大。有些物种的存在是为了控制其他物种。是的，有的物种以其他物种为生。这是因为如果某个物种繁衍得太多，就有可能危害到其他动物或植物。必须维持一个平衡。没有平衡，一切都会崩塌。没有平衡，世界这个巨大的金字塔会土崩瓦解，而最后……处于塔尖的物种也会跌落下来。"

"处于塔尖的物种是什么？"英俊问，他是唯一一个还没有猜到答案的。

"是——"跳跳准备回答，但又顿住了。她看见一只猎豹走了过来。那只猎豹的前爪受了伤，绑着木条。

"你好！感觉怎么样？"帕问他。

"你好！我正在恢复，谢谢。还有段时间不能跑，但我现在很高兴，自己至少还能走。人类在大草原上设的陷阱差点把我整个爪子都截掉。"

闪电球看着猎豹，心想或许他不应该总是跑得那么快。或许他应该活得更慢一点、更轻松一点。或许他应该一天一天地过，努力享受每一刻。

不远处的小路旁，一只美洲豹正悠闲地躺在一根粗树枝上。一些可怕的伤疤破坏了他美丽的皮毛。

"这也是人类应该为此负责的。"帕轻声对他们说道，"多年来，人类为了美丽的皮毛猎杀了很多生物。为了什么呢？就为了装点他们的外套。他们决定让一个物种面临灭绝的危险，只为了……一些华丽的衣裳。"

这下轮到英俊反思了。他还记得真正的美丽不在于着装，而在于一个人的内心以及他为世界做的好事。不论是为哪个世界。

太阳开始落山了，阴影让森林显得更加浓密。帕对疲惫的旅行者们说："还有一件事我想告诉你们。更准确地说，是我想向你们介绍一个朋友，她是我一个很小、很小的朋友，就住在海边，而且她非常珍贵。我们去拜访一下她吧。等你们互相认识以后，我就带你们去今夜的住所。"

第十四章
一见钟情

赤褐色的太阳已经准备好藏到海天相接的地平线后了。水面平静无波，像一面无边的镜子，倒映着零星几朵点缀蓝色天空的粉红色云彩。帕来到海边，喊道："小凤螺！晚上好，小凤螺！你在附近吗？"

泛着柔和泡沫的波浪退下，一个优雅、明亮、精致、带着珍珠般光泽的壳出现在沙滩上，这是一只海蜗牛的壳。闪电球看到自己有生之年居然能够见到这么美丽、优雅的蜗牛姑娘，他的脸都白了。这只海蜗牛可爱的脸庞上洋溢的笑容让他目眩神迷，她的眼睛如此明亮，嘴巴如此精致，这么说吧，在闪电球看来，她的每一处都美得惊人。他的心开始剧烈地跳动，感觉就要带着爱意从胸腔里蹦出来了。

这是绝对的一见钟情，他吟起诗来：

我又坠落了一次，
这次是丘比特的恩赐！
在此我发誓将我所有的忠诚，
献给住在海洋里的这位可爱的女士！

仿佛被一道隐形的线牵引着，闪电球向着惊艳的海蜗牛小姐靠近。

我以让我陷落的爱向你发誓，
将我的生命献与你，
还有我毕生的好运势！
只要你看我一眼，我马上
将月亮为你摘来！
只要你对我说一句话，
回复我一句话，
我将爱你直至死亡到来！

这只叫小凤螺的海蜗牛小姐，受宠若惊地笑了。她被这只对她一见钟情的蜗牛念的宣言逗得咯咯直笑。她愉快地回复了他："你真可爱，谢谢你！你刚刚说的话能让我开心一晚上！你叫什么名字？"

闪电球！一位天使！

一位高贵的漂泊者！

如果你要求，

我也可以将头发染成金色！

我可以做一名诗人，

也可以成为詹姆斯·邦德[①]，

因为从此刻起，

你就是我心尖上的人儿。

小凤螺笑得更大声了。落日的暖光映照在她珍珠般的牙齿上，化作一道道箭射

[①]著名系列电影《007》的主人公。

向闪电球的心。他叹息了一声又一声，被海蜗牛深深地迷住了，甚至想走进海里去。可是，你知道的，陆地上的蜗牛是不会游泳的，他可能会淹死。

"等一下，闪电球！停下！我才刚刚认识你，不能这么快就失去你！我建议我们从做朋友开始。你是不是也觉得这样更好？如果你要离开我们这个世界，我们可以写信。通过这种方式，我们会互相了解。然后，谁知道呢，或许我们可以找一个晚上共进晚餐。你觉得呢？"

美丽又智慧！
哦，我对你爱得更深沉！
从见你第一眼，
我就知道你是一个守门人！
但你说得对，慢慢来才对，
我不想让你被我满腔的爱吓退！

为了表现出绝佳的自控力，闪电球从水里退出来，回到了岸上。他显得有些孤独凄凉，因为那尚未得到回应的爱。

然而……

英俊试图安慰他："来吧，我一见钟情的朋友，我们走吧。别难过，这一定会成为一段美好友情的开始。谁知道未来为你准备了什么呢？我肯定你不会这么轻易放弃战斗的。顺便问一句，你穿着这只湿透的袜子真的还能走吗？"

这是真的，这只袜子湿透了，而且进了很多硌人的沙子，可怜的闪电球几乎动都动不了。他看了看自己，然后苦涩地说道：

悲伤的命运让闪电球无处躲藏，

她怎么可能爱上这么悲惨的我？

去休息处的路上，帕告诉了他们更多关于小凤螺的信息。她是一只凤螺属的海蜗牛。在很久以前，她和同类一起无忧无虑地生活在加勒比海附近的美丽水域里。但人类为了食用他们的肉，或者用他们华丽的壳做时尚装饰，过度捕杀了他们。凤螺不是唯一接近灭绝的生物，海洋本身也处在极大的危险中，因为海螺本来是通过食用死藻来清洁海洋的。此外，他们还是鲨鱼和海龟的营养品，这些动物现在都失去了他们主要的营养来源之一。

"这听起来或许很残酷，但这从一开始就是所有生物的秩序。我们相互为生，因彼此而亡。"帕继续说道，"跟我说说，你们计划在我们的世界停留多久？"

见她的朋友们都沉默了，跳跳出面回答道："不会很久。我觉得我们得尽快回去。我们已经离开森林太长时间了。我们很想念朋友和家人，他们也一定正担心着我们。新世界的生活很美好，但我们找到了回家的理由。我们会告诉所有人在这里见证的奇迹，而且，谁知道呢，或许我们甚至能帮人类意识到，抹去这么多地球上的生物，最终会毁了他们自己。我们也曾成功传达过一些重要而有意义的消息给他们，他们曾经在砍伐森林里的大树时，听到了我们的恳求，也同意不再砍伐森林。你们觉得呢，伙计们？我们收拾一下明天离开怎么样？"

"我觉得离开挺好的，"英俊回答，"我的秋裤可能很时尚也很适合格陵兰岛的天气，但是在这儿，它快把我焐熟了。我觉得自己像炉子里的感恩节火鸡。我也没带换洗的裙子。是的，我非常想回家了。"

"闪电球？"

闪电球忧伤地说道：

> 最好是乘着最猛烈最快的风离去，
> 好过在这里承受被爱刺痛的抑郁。

"呜呼，你想回去吗？"跳跳紧张地问呜呼。

她害怕呜呼更想留在新世界，在这里找寻新的人生目标。在他们的旅程中，他并没有找到一直找寻的东西，他没有重获自信，也没有重新找到动力，甚至还没有恢复寻常的力量。

所以，呜呼没有回答。他只是叹了口气。

"这就是你们休息的地方。"帕对四个朋友说。他们来到了一片空地上。

一团温暖的火正等待着筋疲力尽的旅行者们，火堆旁放着几碗新鲜的食物和水。新世界知道怎么照顾来到这里的朋友们。

"请吃点东西好好休息吧，这一天对你们来说太不容易了。明天早上，我们会为你们准备好回程所需的物资和木柴。晚安，睡个好觉！"

迈着重重的步伐，帕穿过空地边的空隙消失在后面的丛林里。闪电球和英俊感激地狼吞虎咽，吃下了所有款待他们的美食，有温暖的秋裤和明亮的火堆帮他们抵御夜晚的凉意，他们很快就沉睡过去了。

呜呼什么也没吃，也没有睡觉。他站在一个树桩上，凝视着星空。整个新世界都陷入了沉睡。一片沉寂的夜里只听得到蝉的鸣叫。如果呜呼的思绪没被忧伤困扰，这一定会是一个充满幸福感的夜晚。
跳跳也没吃东西，她很担心亲爱的呜呼。她同样也
睡不着。于是，她来到呜呼身边。

第十五章
不只是朋友

"你并没有感觉好一些，对吗？"

"是的，跳跳，我没有。"

"你会跟我们一起回去吗？"

"我不知道，孩子。我不知道我想要什么。我感觉没办法在家里找到自己，那里已经没有人需要我。伟大的帕像一个慈爱的父亲一样照看着整个新世界，大家都很需要他。我觉得很……震惊。我不确定。"

跳跳直视着他的眼睛。

"我会永远支持你！"

"我是真的迷失了……"

"我会帮你找回自己。"

"我不知道自己还能不能行。"

"你当然能行，别再这样说了！这是你教我的，呜呼！是你教我'不可能'只是一个词而已。是你教我遇到艰难的事情时永远不要放弃，是你教我跌倒了要爬起来继续向前。我、英俊、闪电球，我们这些森林的居民要回家，我们都爱你，我们想待在你身边，帮你好起来！因为我们都需要你。"

　　呜呼的眼睛里闪着温柔的泪光。他觉得这只小鸟给了他坚持下去的力量。他爱跳跳胜过生命，他想尽可能多地陪伴她，一直照看她，在她有需要的时候随时帮助她，即便她以后有了自己的家庭。这些想法给了他希望。

　　"好吧，跳跳，我们一起回家！现在让我们先吃点东西，然后睡个好觉。帕说得对，明天等待着我们的是一场艰难的飞行，我们得先积蓄力量。"

　　跳跳松了口气。她同样深深地在意着呜呼，她觉得帮他找到了自己。她开心地啄了些不知道名字但很好吃的种子，然后在平静的火堆边躺下了。呜呼还没有睡，他照看着睡着的跳跳。照看着他所有的朋友。因为他们是他至爱的家人。

黎明时分，气球已经准备好起飞了。呜呼已经用一些干燥的棕榈树木条生起了火，它们是帕拿到沙滩上来的，由大猩猩和红毛猩猩们整齐地堆在了吊舱里。气球被热空气充满了，涨得像一只钻进了小麦中的老鼠，急切地想离开沙滩。跳跳准备好了地图，闪电球润色好了他的诗，而英俊……嗯，英俊清洗并且晾干了每个人的秋裤，他希望朋友们回到家时都是最佳状态。高大的帕给了他们很多食物、水和木柴。

"这些棕榈树木条够你们在回家路上保暖吗？"帕问呜呼。

呜呼看了看吊舱里那些堆得整整齐齐的木材。

"是的，我想够了！"呜呼回答，"谢谢你的好客，还有你的帮助！我们很高兴来到了新世界。不仅是因为我们帮助希望同她的爸爸妈妈团聚了，也因为我们见到了很多奇迹。我们现在知道了，那些濒临灭绝的物种还有希望。由于你们保护了这

里，这个星球还有恢复的机会。谢谢你们！"

帕接受了他们的感谢，也感谢了他们的到来，他向着鸣呼尊敬地低下了头。

至于希望呢？她也在沙滩上，站在爸爸妈妈身边。不管世界上发生什么事，她都不会错过送别她的朋友们。小北极熊紧紧地拥抱了每一个朋友，小心地不让他们窒息。她已经长得非常大了，但他们还是原来的大小。尤其是闪电球和跳跳。

"你要保证会写信给我，跳跳！谁知道呢，说不定我们很快就会再见！"

两只蜗牛同样保证会给彼此寄信。闪电球贴在吊舱的边缘，正热烈地注视着小凤螺，向她深情地飞吻。

英俊也想找一个笔友，但由于没有人主动提出要承担这个角色，他说服了渡渡鸟至少寄圣诞节卡片给他。他解释说，他们之间必然有着某种联系，因为他们看起来如此相似，至少从体型上来讲，火鸡和渡渡鸟是一个豆荚里的两颗豆。气球在那些新世界的朋友的美好祝愿中缓缓升起，很快便乘上了一股友善的风，在海洋上空飘起来。他们最后一次越过吊舱边缘看向那个越来越小的奇迹之地时，看见又一只木筏正驶向新世界的海岸。四个小伙伴若有所思地看着那只木筏。木筏上面的动物是碰巧来到新世界的，还是他们认为如果人类再不修正错误，他们也会成为濒临灭绝的物种？

回家的旅程比前往格陵兰岛时容易很多。他们没有再遇到风暴，也不需要飞得太高，不至于因为高海拔而差点被冻僵。风仿佛一直陪在他们身边，把他们的气球安全地带回家。马上要到森林时，他们听到呜呼低声说道："哦，不好……"

"怎么了，呜呼？"跳跳担心地问道。

"这些棕榈树木条，他们烧得太快了。比我们去格陵兰岛时烧的橡树木条快得多。"

"这是什么意思？"英俊问呜呼。

"恐怕这意味着我们没有足够的木柴支撑我们回到家……还有好几英里才能到森林，而且我们仍然在海上。我不知道这些柴还能燃烧多长时间。如果火熄了，热气球就会凉下来，它瘪了，我们就会落在海上……"

"我们该怎么办？"跳跳问道，她的声音里充满了焦虑。

呜呼思考了一会儿，跳跳很怕他又会陷入沉默。但他没有。呜呼仿佛还是他们熟悉的那只睿智的猫头鹰。那只自信坚定，知道怎么用善意和冷静帮每个人走出困境的猫头鹰。那个教跳跳每个问题都有解决办法的呜呼又回来了。

"我们这么做。"他说，"等最后一根棕榈树木条烧完，我们就把吊舱上面的部分烧掉。接下来还可以把吃的丢进火里。即使后面这段旅程要饿肚子，我们也要保证安全地到达森林。等回到家，我们就会有食物的……如果没东西烧了，我们就得给吊舱减重。需要扔掉背包，还有石盆，如果吊舱还是太重，我们就把水也扔掉。"

"如果那样还不行呢？如果吊舱还是太重呢？"英俊问，他又快害怕得晕过去了。

"如果还不够的话……"

呜呼顿了一下。他的眼睛闪了闪，然后满怀柔情地看向他的朋友们。

"会够的，放心吧。"他对他们微笑道。

你问接下来发生了什么？呜呼精准地预料到了每一件事。很快最后一根棕榈树木条就烧成了灰。当气球开始向水面下降时，四个小伙伴将吊舱上面的部分拆下来扔进了火里。他们几乎都没有站立的地方了。再后来他们把食物、行李，甚至他们的秋裤都扔进了火里。气球仍在缓慢地落向水面。他们就快到家了，都已经可以看到地平线上的陆地了，而且风还在尽全力推着他们前进。

可是没有用！就算他们只需要再飞几英里，还是会葬身大海。我们都知道，跳跳、闪电球和英俊都飞不了多远。他们彻底失去了希望。他们面面相觑，不需要任何言语来表达对彼此的关心，以及对彼此共同经历了那么多冒险的谢意。他们唯一想做的就是待在一起，但就在这时……

"认识你们是我人生中最好的事情！"呜呼低沉的声音突然响起，"谢谢你们无论是生病还是健康时都在这里。跳跳，我爱你。如果我没有平安返回森林，你会照顾好每一个人的。我相信你！我知道你可以！"

说完这句话，呜呼就从吊舱边缘飞了出去。

"不！"跳跳痛苦地大喊，"求求你了，不要！"她尖叫着，想用自己小小的喙拉住呜呼，但她差点掉到海里。英俊及时拉住了她，将她拉到他怀里。

少了呜呼的重量，气球微微上升了一点。

"回来，呜呼，求你了！我们要么一起活下去，要么一起去死！"跳跳大喊。

"我的孩子，我自己能飞很远。"呜呼大声回答道。他已经落后了气球很长一段距离。"我希望我能很快到达森林！你们先平安回去，告诉每个人我们在新世界见到的一切！"

随后他消失在他们的视线中。他落后太远了。跳跳从没像现在这样大哭过。闪电球和英俊想尽办法安慰她，但他们的心也碎了。他们都彻底崩溃了。

呜呼的牺牲似乎唤醒了风，它用强有力的翅膀托着气球冲向岸边。

三个伙伴很快到达了干燥的陆地上，飘过草地、平原、森林和山丘。可是回家的喜悦被悲伤蒙上了阴影。他们满心都是呜呼和他那英勇无私的举动。他把他们的生命放在自己之上。没有人能表现出比他更多的奉献、友谊、关怀和爱。他重新找回了他自己，可代价是什么呢？

接近日落时，几乎完全瘪下来的气球到达了森林，落在了学校外的那片空地上。气球已经破败了，脏兮兮的，带着一个毁坏得很彻底的吊舱。命啊刚刚关上学校的大门。他一见到他们就急忙飞了过来。他发现他们中少了一个，而且他们都十分伤心。他的喉咙哽住了，但心中还怀着一丝微弱的希望，他问道：

"呜呼去哪儿了？他留在格陵兰岛了吗？"

没有人回答他。但跳跳摇了摇头，又开始大哭起来。命啊把她紧紧地拥入自己宽厚的胸

腔，用他的翅膀抚摸着她的小脑袋，就像呜呼之前无数次做过的那样。跳跳哽咽着说出话来："我们接近海岸时，气球没气了。我们没有更多的木柴。呜呼为了减轻吊舱的重量，不让我们掉进海里淹死，便自己飞走了。但我们不知道他能飞多久。我希望他能坚持飞到这里……"

命啊松开她，对她说道："你知道他一定可以的！呜呼会回来的。"

他们回来的消息像野火一样迅速蔓延开来。呜呼没和其他旅行者一起回来的消息紧随其后。所有准备睡觉的动物都离开了它们的巢穴，三五成群地来到空地上，聚集在气球边。跳跳、闪电球和英俊也没有离开。他们没法离开。他们已经完全忘记了饥饿、口渴以及其他一切。他们就这么等待着。他们必须等待！其他森林居民也一言不发地和他们一起等待着。四周连一只蚱蜢的声音都没有。

很快，夜色笼罩了森林。只剩月光从树顶投下，映射着空地上成千上万只闪着期望光芒的小眼睛。周围很安静，非常安静。所有人甚至连大气都不敢出，生怕惊扰了这份安静。他们等着、听着，担忧又紧张。当那些听力敏锐的人听到了一点微弱的动静时，甚至有些不安。那声音十分轻柔，几乎无法察觉，是天鹅绒一般的翅膀扇动的声音。很快命啊、跳跳、伟大的委顿、雪球、英俊和闪电球也都听到了。他们全把目光投向月亮。声音似乎是从那儿传来的。会有天使从月亮降下，带给他们一些消息吗？看起来很像是这样……

有一个斑点掠过月亮银色的脸庞向着他们飞来……每个人的心脏都在胸腔里狂跳起来，每个人的呼吸都越来越重，几乎发出了声音。黑夜中开始有动物窃窃私语。

直到月亮天使落在空地中央的树桩上，所有人还一动不动地僵立在那里。但来的不是雪白的天使，而是一个黑色的天使。他有一双大大的眼睛，是橙色的，里面盛满了善意。

第十六章
孩子，你会拯救
这个世界

空地上爆发出巨大的欢呼声！所有人都很熟悉这双橙色的大眼睛。每个人都深深地爱着它们。呜呼平安到家了！英俊原地晕倒，跳跳高兴得哭了，闪电球发出一声幸福的吼叫，以令人炫目的速度冲向树桩。

然而……

闪电球先生被一簇草丛绊倒了，他的头磕在树桩上，发出了一声闷响。

所有人又安静下来。不，不要再来一次！但闪电球很快站了起来，大喊："一切尽在掌握！这是我设计的！这是令人惊叹的场面，对不对？我表现得不错！"

他突然顿住了，陷入了震惊之中。过了一会儿他说："哦，我可怜的壳啊……我不再押韵了！哦，不！怎么会这样！我再也不会写诗了！如果我写的句子都不押韵了，小凤螺就不会相信那些信真的是我写的！哦，麻烦了……我好像还是能编出一两个押韵的句子来……这真是件好事！"

所有人都围到呜呼身边，对他诉说着见到他安然无恙有多么开心。呜呼一如既往地谦逊，一边努力回答着一连串的问题，一边传递着温暖的眼神和紧紧的拥抱。跳跳跳到树桩上，来到他面前，将头埋进他的胸膛。

"你回来了，呜呼，你真的回来了！我太高兴了！"

呜呼用翅膀尖轻抚着她的头。

"是的，跳跳，我回来了。而且我觉得我又像自己了。这全都归功于你。"

"希望回到她父母身边了吗？你们找到他们了

吗？"命啊问呜呼。

呜呼清了清嗓子，回答道："是的，事实上，我们找到他们了。我们找到了一个新世界。一个充满希望、纯净，没有恐惧的世界，就像一切刚刚开始的时候，大自然赋予所有生物生命，而这些生命回报给她尊重和照顾。新世界就像这个世界应该有的样子。我们有责任帮助它。跳跳，还有你们这些孩子，是这个世界最后的希望。孩子才是能帮父母认清错误的人，也是能让他们看到该如何修正这些

错误的人。你们能做到！孩子们有着治愈地球的力量，可以在还来得及的时候拯救它。因为我们看到的最后那只前往新世界的木筏上……有人类的身影。人类一定已经意识到他们也处在危险之中。在他们自己的世界里，他们也面临着灭绝。"

尾声

英俊晚些时候醒了过来。当他看见呜呼时，又晕倒了，但这次是欣喜地晕过去的。第二天早上，英俊开始着手准备他的巨作：给大象帕的秋裤。

我猜在你们读到这本书的结尾时他还在忙着这件事。希望你们喜欢这个结局。

爱你们的

艾莉克斯